钦瑞兴 著

翰墨风雅

苏州大学出版社
Soochow University Press

图书在版编目(CIP)数据

翰墨风雅大石山 / 钦瑞兴著. —苏州：苏州大学出版社，2022.3
(翰墨风雅系列)
ISBN 978-7-5672-3871-8

Ⅰ.①翰… Ⅱ.①钦… Ⅲ.①中国文学-古典文学-作品综合集 ②汉字-法书-作品集-中国-现代 Ⅳ.①I212.01 ②J292.28

中国版本图书馆CIP数据核字(2022)第015644号

书　　名：	翰墨风雅大石山
著　　者：	钦瑞兴
责任编辑：	刘　海
装帧设计：	吴　钰
出版发行：	苏州大学出版社(Soochow University Press)
社　　址：	苏州市十梓街1号　邮编：215006
印　　刷：	苏州工业园区美柯乐制版印务有限责任公司
网　　址：	www.sudapress.com
E－mail：	Liuwang@suda.edu.cn　　QQ：64826224
邮　　箱：	sdcbs@suda.edu.cn
邮购热线：	0512-67480030
销售热线：	0512-67481020
开　　本：	889 mm×1 194 mm　1/12　印张：8.5　字数：179千
版　　次：	2022年3月第1版
印　　次：	2022年3月第1次印刷
书　　号：	ISBN 978-7-5672-3871-8
定　　价：	138.00元

凡购本社图书发现印装错误，请与本社联系调换。服务热线：0512-67481020

写在前面的话

钦瑞兴

我一直生活在苏州阳山，老家在阳山东文殊寺下面的山神湾，从山神湾往北，经高岭土公司阳东矿一个叫"羊眼睛"的挖白泥宕口，走过白墡岭，就到了虎窠里。当时虎窠里还有一个名称，叫"杨梅山里"。因为虎窠里盛产杨梅，远近闻名，因此人们称白墡岭北的地方为"杨梅山里"。

杨梅山里有我家亲戚，我小时候经常去那里玩，尤其是到了杨梅成熟的季节，更是盼望能去亲戚家尝鲜。好在亲戚善解人意，每年六月都会亲自送上两筐杨梅到我家，引得我们喜不自胜。直到今天，这儿时情景，依然历历在目，难以忘怀。

后来上了中学我才知道，那个叫作"杨梅山里"的地方，除了叫"虎窠里"之外，还有一个正式的名字，叫"树山"。

树山隶属通安镇，20世纪六七十年代，它的全称叫"通安人民公社树山大队"。到了80年代初，农村实行联产承包责任制，"树山"的名称换成了"通安乡树山村"，后来撤乡建镇，树山村的名称变成了"通安镇树山村"。树山的名称一直保留到今天都没变，唯一变了的是通安镇从相城区划到了虎丘区，也就是通常称的苏州高新区。

树山村从21世纪初开始大力开展农业生态建设，在保护绿色原生态的前提下积极发展农副产品的生产，其地产的杨梅、茶叶、翠冠梨逐步形成了树山的三大名牌拳头产品，成为村民发家致富的有力保障。

尤其值得一提的是，近十几年来，苏高新集团在树山村成立的新灏公司以及随后成立的新振公司，积极投入树山村的生态环境建设。道路拓宽硬化，房屋粉刷一新，沟池疏浚清澈，大力发展乡村旅游服务，大量配套设施相继建成，农家乐、民宿如雨后春笋不断涌现，树山已经成为苏州高新区新农村建设的典范，多次获得国家级和省级"农业生态示范村"荣誉称号。

放眼远观，树山山清水秀，村落粉墙黛瓦，整个环境美轮美奂。每到节假日或双休天，到树山旅游的人熙熙攘攘、络绎不绝，树山真的成了赏心悦目、放松身心的绝佳去处。

其实，树山不仅风光秀丽，环境优美，更让人心醉的是，它还拥有极其深厚的历史人文底蕴。

而这一点，正是我对树山情有独钟的根本原因。

树山位于阳山北麓，西依大石山，南贴白塔岭，东临鸡笼山，北望通安桥，三面环山，形胜独特。古时候称阳山为"万安山"，就是因为阳山北麓有了树山这样特殊的地理环境。而通安桥的名字也源于此，因为它是通往万安山的桥，所以叫"通安桥"。

1994年，我在当时的吴县档案馆找到了一本明代嘉靖年间岳岱撰写的《阳山志》，在这本《阳山志》里，我看到了不少古人歌咏树山村西大石山的诗文，这些诗文激发了我探索大石山的兴趣。

大石山是阳山北的一个分支小山，山岩危耸，崖壁削立间清泉下挂，似从山顶白云间流出，宋代珍护法师卓锡此地，结茅为庵，取名"云泉庵"。

明、清两代，吴地文人争先登临，流连大石山，吟诗作画，题刻摩崖，有的干脆隐居在这里筑草堂、创书院、建山庄，留下了文史爱好者们津津乐道的话题。

2009年至2019年，10年间，我有幸参与大阳山国家森林公园的建设，与同事们一起规划、设计、复建了前人留下的大量文化景观。阳山东部的文殊寺景区，阳山南部的植物园景区，经过10年打磨，已经成为成熟的旅游胜地。每当看到景区内我题写的那些匾额、对联，听到导游为游客讲解我撰写的导游词，我的脑海里就会涌起亲切之感。感谢前人为我们留下文化遗产，让这些文化遗产泽被后人、流芳世间。

阳山北部的树山景区，虽业务上受大阳山国家森林公园指导，但由于行政隶属通安镇管辖，它的开发实际上是独立于阳山森林公园整体发展规划的。因此，对于树山景区尤其是大石山文化的保护、开发和利用，是由通安镇政府与苏高新集团合作的新灏公司、新振公司在具体操作。

多年来研究阳山，我积累了一定的资料，对大石山的深入挖掘，也同时成为一个重要的课题。大石山那些富有无穷魅力的历史人文积淀，成了我魂牵梦萦的精神世界物象。不止一次，我会想象当年大文人吴宽和李应祯他们兴游云泉庵大石联句的诗意风雅，介石书院奉祀言子游的庄严神圣，藏书大家顾元庆建大石山房与"十友"为伍的生活情趣，大书法家王铎题刻大石山的仙风道骨，明代诗人黄姬水题咏大石八景的如画妙界。

自 2015 年起，我应邀为苏州苏高新集团有限公司开设书法讲堂，其课程当时被纳入苏州书法教育"千百工程"系列计划，讲课地点六年中先后更换了三次，最后移到了树山。2021 年新年伊始，我在讲书法的同时，尝试将当地文化与书法课结合，以丰富书法课的内容。我每一季度开讲一次地域文化课，将本地区的历史人文内容进行分类归纳，按一个个专题集中详述，收到了较好的效果。学员们普遍反映历史人文讲座生动形象，加深了他们对吴文化的了解，有助于提高他们的综合文化素养。

受书法与地域文化结合讲授收到成效的启发，我萌生了将书法与本土文化结合撰写书籍出版的想法。一是从自己整理出来的古人吟诵大石山的诗文中精选出 46 篇，写成书法作品；二是将与这些诗文有关的历史人文故事撰文加以说明。我为这本书取名"翰墨风雅大石山"。

经过一年的准备，《翰墨风雅大石山》一书基本完成，付梓之际，不胜感激。谨向对本书提供大力支持的苏州高新区工委宣传部、苏州科技城管委会、通安镇人民政府、苏州苏高新集团有限公司、苏州高新区乡村旅游协会表示衷心的感谢。

2022 年 1 月于瑞智堂

翰墨风雅大石山

目录

- 001 　一、大石八景秀江南
- 015 　二、大石联句媲兰亭
- 047 　三、介石书院祀言子
- 059 　四、大石山房十友谱
- 067 　五、大石摩崖大文章
- 072 　六、大石云泉系吴宽
- 080 　七、《阳山新录》留诗篇
- 090 　　　大石山记

翰墨风雅大石山

一、大石八景秀江南

大石山位于苏州高新区树山村,背靠阳山,危岩峻峰,环秀叠翠,被古人誉为"涌出山腰如莲花"。登临大石山,满眼崖壁秀木,幽奇险古,让人不由心生归隐之思。

自明代起,大石山就有八景之说。

一曰"拜石轩"。

拜石轩指的是旧时大石山上偏向北面的一古建筑廊轩,因其面向岩石,像是在向石头跪拜,所以叫它"拜石轩"。其位置在大石山象鼻峰仙桥东侧,循仙桥下山径左转数步即到。今轩已不存,轩址犹在,为一丈许见方平地,直面石壁,有一圆形篆刻图案刻于壁上，文字为"唯和呈喜"。拜石轩叫人想起了北宋著名书法家米芾拜石的故事。

二曰"毛竹磴"。

明代时通向大石山云泉庵的道路两旁种满了毛竹，修篁插天，登临石级如同在用毛竹做成的梯子上上行，所以叫"毛竹磴"。

三曰"招隐桥"。

招隐桥指的是大石山上一块挑出的横石，其形状极像桂林的象鼻峰，横空出世，像是一座天然的石桥，使人产生过了这座桥就可以到达仙界的遐想。"招隐"就是招去归隐，过神仙般悠闲的生活。

四曰"宜晚屏"。

宜晚屏在招隐桥西侧，石壁如屏风般高高矗立，每到夕阳西下，余晖透过山腰间的烟岚投射到石壁上，浑似佛门化境，奇妙无比，所以叫"宜晚屏"。

五曰"玉尘涧"。

大石山石壁中流出的泉水泻下，经过山坡纳入小池，这道山涧就是玉尘涧。"玉尘"一词使人联想到泉水的晶莹明澈。

六曰"青松宅"。

青松宅，指旧时大石山东北山坡上青松掩映古宅的景象。此景现已不存。

七曰"杨梅冈"。

杨梅冈，明代时大石山下整个山冈都种满了杨梅。

树山杨梅早已名声在外，清代诗人凌寿祺曾经作诗赞美说："山前山后火云红，肤粟堆时墨晕融。"它的特点是核小、色深、刺平、汁水浓。比较奇特的地方是，树山除了有红杨梅，还有罕见的白杨梅。树山白杨梅多为野生，数量稀少，它的直径只有2厘米不到，口感较酸，白得越透明表明越成熟。树山杨梅多是当天采摘当天销售或现摘现卖。

树山杨梅上市比苏州其他地方的杨梅要晚一些，一般在6月中旬。因为树山村深处山坳中，近乎与世隔绝，生态环境极佳，育出的树山杨梅是有名的无公害绿色产品。当然了，树山杨梅售价也比一般杨梅要高。

八曰"款云亭"。

款云亭是建在大石山峰顶的石亭，"款云"的"款"字，在这里解释为"缓""慢"，意指古时候大石山峰顶常年白云款款缭绕。在亭中可看天外云卷云舒，令人心神闲适，优哉游哉，所以取名"款云亭"。

明代诗人黄姬水游览大石山，遍赏八景，有感而发，为大石八景一一题诗：

平生许椽情，况复秉贞介。开轩面巨石，聊学南宫拜。（拜石轩）

修篁夹丹梯，云衢益幽邃。登顿不知疲，迤逦上空翠。（毛竹磴）

石梁跨流水，岩桂自成栖。当年桥柱上，却笑长卿题。（招隐桥）

屏风高九叠，宛与匡庐同。曳策一晒目，岚光夕照中。（宜晚屏）

碧涧疏以凿，弥弥周茅宇。洗耳思枕流，不惜捐谈麈。（玉尘涧）

青松覆屋冷，晴日常飞霰。龙鳞千尺强，巢鹤今应遍。（青松宅）

南城有嘉树，葳蕤被冈岑。高林五月雨，珍果落山禽。（杨梅冈）

古亭构崖巅，爽垲有佳趣。白云常自留，解伴幽人住。（款云亭）

黄姬水（1509—1574），明代学者黄省曾之子，从小聪慧，闻名吴地，是沧浪亭五百名贤之一，早年曾侍奉文徵明，书法学祝允明，又力学虞世南、王宠二家，是一位相当有造诣的书法家。

大石山素享"独步江南，天然画本，尺幅千里"之誉，明代叠石高手戈裕良游览大石山后依照大石山原型构筑了世界文化遗产环秀山庄中的假山。环秀山庄中的假山峥嵘峻峭，奇峰兀立，崖峦耸翠，深壑曲洞，形态逼真，结构严密，真是"山形面面看，景色步步移"，名冠江南，被誉为"苏州三绝"之一。很少有人知道，这座假山竟然是戈裕良把大石山搬来并加以浓缩的结果。

明代嘉靖年间岳岱的《阳山志》，清代道光年间的《浒墅关志》，收录了前人题咏大石山的大量诗文，从中我们可以领略到大石山独步江南的秀丽风姿和耐人寻味的文化雅韵。

黄姬水

黄姬水,字志淳、淳父、贞父,号质山。明吴县(今属江苏苏州)人。省曾子。生而颖敏,学于祝允明,遂传其笔法。性至孝,父母成疾,遂弃诸生。所蓄敦彝、法帖、名画甚富。且工于诗。著有《黄淳父先生全集》等。

咏大石

千盘危磴践苔青,
巨石浑疑仙至扃。
绝巘登攀一长啸,
岩前飞雾尽冥冥。

大石八景

拜石轩
平生许橡情，况复秉贞介。开轩面巨石，聊学南宫拜。

毛竹磴
修篁夹丹梯，云衢益幽邃。登顿不知疲，迤逦上空翠。

招隐桥
石梁跨流水，岩桂自成栖。当年桥柱上，却笑长卿题。

宜晚屏
屏风高九叠，宛与匡庐同。曳策一晒目，岚光夕照中。

玉尘涧
碧涧疏以凿，弥弥周茅宇。洗耳思枕流，不惜捐谈麈。

青松宅
青松覆屋冷，晴日常飞霰。龙鳞千尺强，巢鹤今应遍。

杨梅冈
南城有嘉树，葳蕤被冈岑。高林五月雨，珍果落山禽。

款云亭
古亭构崖巅，爽垲有佳趣。白云常自留，解伴幽人住。

颜瑄

颜瑄,字宝之。明江阴人。成化二年(1466)进士,成化八年任浒墅关榷使。

公暇游大石次韵

老梅幽涧曲,修竹短墙头。
室小如悬磬,山虚若覆舟。
百年真幻绝,一会足风流。
扰扰徒为尔,得休须早休。

徐源

徐源（？—1515），字仲山，号椒园道人。明长洲（今属江苏苏州）瓜泾人。成化十一年（1475）进士。历广东左参政、湖广左布政使等。事母孝，诗文博雅，书法米氏。著有《瓜泾集》等。

观阳山大石

兹山有奇观，巍峨设形胜。
神禹刊木避，女娲补天剩。
磷磷柱国臣，钧力倏与竞。
日华生锦绣，烟云罩苔径。
盘桓上中峰，仰睇复危磴。
绝顶谅扪天，筋力顾不劲。
岱宗不可磨，此石宜自庆。

吴一鹏

吴一鹏（1460—1542），字南夫，号白楼。明长洲（今属江苏苏州）人。弘治六年（1493）进士。任《武宗实录》副总裁官，书成，进尚书。张璁、桂萼忌之，出为南京吏部尚书，加太子少保。谥文端。著有《吴文端公集》等。

登大石

大石巍巍郡郭西，登临此日酒重携。
烟中鸟没千峰暝，象外天空万物低。
田舍筑墙堆乱石，僧厨剥笋落黄泥。
兴游未尽忘归去，一路垂鞭信马蹄。

方凤

方凤,字时鸣,号改亭。明昆山人。正德三年(1508)进士,曾任监察御史,官至广东提学佥事。著有《改亭存稿》。

登大石山

殷勤挟小艇,迤逦登大石。
怪险若神造,幽阒真鬼宅。
凌汉龙头昂,负重龟背碟。
倒曳万牛喘,列坐十人窄。
眇视笑一拳,端拜俯半额。
凭肩护胫酸,呼酒镇心塑(忒)。
古壁剥旧题,反(灰)寔碍颓展。
甫快雨忽晴,刚醉日欲夕。
老禅嗜文辞,短卷盈咫尺。
挥毫神欲飞,云开万峰碧。

徐缙

徐缙（1482—1548），字子容，号崦西。明吴县（今属江苏苏州）洞庭西山人。王鏊婿。弘治十一年（1498）解元，十八年进士。选庶吉士，授编修。进侍读、少詹事、礼部侍郎、经筵讲官，寻改吏部，摄铨政。后夺职免归。嘉靖二十七年（1548）卒，谥号"文敏"。著有《徐文敏公集》等。

观阳山大石

阳山宿称奇，大石更灵怪。
崾峭忽中空，岩连复萦带。
烟霞敛夕霏，荔薜留雾霭。
未经神禹凿，冀受米生拜。
曰予抱幽僻，薄游竟谁碍。
攀萝蹑嶵屼，采芳越森荟。
道以沉毅超，赏与孤高会。
想念山中人，秋空发虚籁。
虚籁能娱人，客心殊未艾。
何当谢尘纷，乘云弄烟瀣。

朱节

朱节,字全甫,一作全夫。明吴县(今属江苏苏州)人。嘉靖二年(1523)进士,官至肇庆府知府。

观阳山大石

山深閟奇迹,步散漫探索。春尽强登临,与众信云乐。
玄玄岂渺茫,去去还咨度。伊谁鸣玉琴,飞瀑出幽壑。
扪萝苦多岐(歧),蹑磴恃轻屩。绕耳响松筠,瞥眼惜花萼。
眺远挹湖光,兴逸超鱼跃。倚马擅三长,得鸟在一博。
穿云衣自濡,嚼茗泉堪酌。薄暝忘言旋,余情恋酬酢。
明月脱沙中,清风下飞阁。此会良不虚,重来订初约。

邹迪光

邹迪光（1550—1626），字彦吉，号愚谷、愚公。明无锡人。万历二年（1574）进士，官湖广提学副使。以诗文自命，兼善绘画、音乐。著有《始青阁稿》《郁仪楼集》等。

登大石

巨灵何事者，凿石表三吴。
地割烟霞境，天分日月都。
断岩雕槛接，飞磴曲阑扶。
长啸松风下，群仙若可呼。

汪膺

汪膺,字元御,号玉淙居士。明长洲(今属江苏苏州)人。琬父。天启七年(1627)举人。童年即喜为诗,长尤工。著有《寸碧堂诗集》《元御词集》等。

上云泉揽胜,遂憩凝霞阁,以小竹箭射笋,中者食之。

淇园千亩阴,幽翠恣婀娜。
梭分鱼子出,箨卷龙儿裹。
石缝摧玉班,云姿碎金琐。
凭阁骋僻嗜,临槛纵轻笴。
未成赋老饕,且用观颐朵。
莫嫌汉川守,一粲喷饭颗。

一、大石八景秀江南

凌寿祺

凌寿祺，字戒甫，一字介甫。清长洲（今属江苏苏州）浒墅关镇人。编纂有道光《浒墅关志》等。

阳山杨梅

饯春迎夏共传杯，
光福青梅入馔来。
待得枇杷洞庭熟，
阳山五月有杨梅。
山前山后火云红，
肤粟堆时墨晕融。
背出掇头齐上市，
本山各自说西东。

二、大石联句媲兰亭

中国文士阶层素有以文会友——雅集的优秀传统，文人雅集是江南文化的独特景观，诸如兰亭雅集、玉山雅集等，更被引为艺苑佳话，诗文书画歌颂不绝。

传统的文人雅集，其主要形式是游山玩水、诗酒唱和、书画遣兴与文艺品鉴；最重要的特征是以道义相契结。而正是这种随意性与艺术的本性相契合，使得历代文人雅集产生了大量名垂千古的文艺佳作。大石联句就是其中的优秀诗作。

明代时苏州是江南一大都会，市井繁华，盛况空前。明代江南经济的发展，使苏州成了太平盛世的天堂，雄厚的经济基础为当地上层建筑的发展提供了坚实而丰厚的物质基础。苏州人安居乐业，富裕小康，渐渐形成了"家家礼乐，人人读书"的风气，历史上苏州曾涌现出朱买臣、顾野王、陆龟蒙、范仲淹、范成大等文学名士。明代，苏州文学更是大家辈出，如高启、徐祯卿、王世贞、吴宽、王鏊等，他们以诗文称誉东南，冠绝一时。

在这样优渥安逸的环境下，苏州文人游历山水，诗酒题咏，就成了顺理成章的雅事。而苏州的人文环境，也吸引了各地文人前来探幽访古，同样的，他们也留下了即景抒怀的诗文华章。

明《姑苏志》大石联句的记载

阳山北麓大石山，是当时文人最喜欢游赏的地方之一。其中有一位叫吴宽的大文人，更是对阳山大石山一带情有独钟，不仅自己游览并作诗文记之，还带了志同道合的文友一起登临赏玩，吟诗作对，表达对阳山风物的高度赞美之情。

成化十四年戊戌（1478）二月十六日，吴宽与李甡、张渊、史鉴等三位文友一起游览阳山大石山，见大石山岩壑深秀，山势险峻，青葱入画，不禁诗兴大发，于是四人相商，共作一联句长诗以寄兴。首先由最长者李甡出第一句，然后按年龄大小顺序依次由吴宽、张渊、史鉴接吟，全诗一共41韵，82句410字。这首长诗取名为"游阳山云泉庵观大石联句"（简作《大石联句》）。

吴宽（1435—1504），字原博，号匏庵、玉亭主，世称匏庵先生。明长洲（今属江苏苏州）人。明代名臣、诗人、散文家、书法家。

吴宽为明宪宗成化八年（1472）状元，授翰林修撰，曾侍奉孝宗读书。孝宗即位后，迁左庶子，预修《宪宗实录》，进少詹事兼侍读学士。官至礼部尚书，卒赠太子太保，谥号"文定"。

吴宽的诗深厚浓郁，自成一家，著有《匏庵集》。又擅书法，作书姿润中时出奇崛，虽源于苏东坡，而多所自得。

李应祯（1431—1493），明代书法家。初名甡，字应祯，号范庵。长洲（今属江苏苏州）人。世业医，隶属南京太医院籍。自少警敏。景泰四年（1453）举人，选授中书舍人，掌书写诰敕、制诏、银册、铁券等，为从七品。后又升南兵部郎中，以南京太仆少卿致仕，人称李少卿。书法以欧阳询为宗，平正婉和，清润端方，自成一家。博学好古，篆、楷俱入格，真、行、草、隶，亦清润端方，如其为人。潜心古法，自出机杼，当为明朝第一。其尤妙能三指尖搦管，虚腕疾书，今人莫能及。人有求者多恝不应，以故传世少。卒年六十三。卒之日，无以殓，友人买地以葬。世人不太知道的是，李应祯还有一个女婿，那就是赫赫有名的吴中名士祝允明，因祝允明生六指，所以人们都称他祝枝山，久而久之，反而把他的本名"祝允明"给掩盖掉了。

张渊，字子静，号孟嘏、吴兴布衣、梦坡居士。居双林鸿墩。为吴廷旸高足。十四岁为塾师，成化年间与陈秉中、曹枫江、沈启南、史明古、僧月舟等创"乐天乡社"，结社联吟。曾帮助知府劳钺编《湖州府志》。后客居穆溪（今吴江震泽），为史氏塾师，因病归。卒年47岁。著有《鸿墩集》。

史鉴（1434—1496），字明古，号西村，别署西村逸史，明吴县（今属江苏苏州）人。博学洽闻。十二三岁为四六近体，语即惊人。既长，为诗文雄深古雅，崛然成家。

状貌奇伟，须髯奋张，与人论事，辩说超卓。虽尊贵无所屈。长于史学，论千载事如见。若钱谷水利之属，尤所深究。居穆溪之西，治家甚严，动遵古礼。生于明宣宗宣德九年（1434），卒于明孝宗弘治九年（1496），年六十三岁。葬吴县博士坞。正德间，吴中高士首推沈周，史鉴次之。史所作《晴雨霁三游西湖》，为游记文学经典。有《西村集》八卷，见《四库总目》。

李应祯、吴宽等四人的《大石联句》，在吴中文化史上有很高的地位，史书上称它为"我明兰亭"。意思是说，《大石联句》称得上是我们苏州地区明代的《兰亭序》。也就是说，它可以和东晋王羲之在浙江山阴写的《兰亭序》媲美。

《大石联句》被李应祯用毛笔写好后刻在石板上，再镶嵌在云泉寺后的大石岩壁上。由于年代久远，云泉寺历经兴废，《大石联句》的石刻已无从寻觅，但李应祯的原稿依旧保存在辽宁省博物馆里，供书法和文史爱好者查阅。

《大石联句》诗一经传播，便蜚声吴中，大石山因此名声大振，四方名流争相前往，并步其韵奉和。

奉和者一，杨循吉《咏阳山大石和李少卿作》。

杨循吉（1456—1544），字君谦，明吴县（今江苏苏州）人。明代文学家，成化二十年（1484）进士，授礼部主事。因病归，结庐支硎山，以读书著书为乐事。

奉和者二，王鏊和唐寅《阳山大石联句》。

王鏊是唐寅的老师。唐寅对王鏊十分推崇，称其"海内文章第一，山中宰相无双"。

王鏊（1450—1524），字济之，号守溪，晚号拙叟，学者称其为震泽先生，明吴县东山人。明代名臣、文学家。

王鏊自幼随父读书，聪颖异常。他八岁能读经史，十二岁能作诗。十六岁时，国子监诸生即传诵其文。为成化十一年（1475）进士，授翰林编修。明孝宗时历侍讲学士、日讲官、吏部右侍郎等职。明武宗时任吏部左侍郎，与吏部尚书韩文等请武宗诛刘瑾等"八虎"，但事败未成。旋即入阁，拜户部尚书、文渊阁大学士。次年，加少傅兼太子太傅、武英殿大学士。王鏊在任上尽力保护受刘瑾迫害之人，并屡次劝谏刘瑾，终因无法挽救时局而辞官归乡。此后家居十六年，终不复出。嘉靖三年（1524）去世，年七十五。追赠太傅，谥号"文恪"，世称"王文恪"。王守仁赞其为"完人"。

王鏊博学有识鉴，经学通明，制行修谨，文章修洁。善书法，多藏书。为弘治、正德间文体变革的先行者和楷模。他黜浮崇古的文学观和尚经术、去险诡的取士倾向，影响了一代文风。有《震泽编》《震泽集》《震泽长语》《震泽纪闻》《姑苏志》等传世。

唐寅（1470—1524），字伯虎，小字子畏，号六如居士，明吴县人，祖籍凉州晋昌郡，明朝著名画家、书法家、诗人。

成化二十一年（1485），唐寅考中苏州府试第一名，进入府学读书。弘治十一年（1498），考中应天府乡试第一（解元），入京参加会试。弘治十二年，卷入徐经科场舞弊案，坐罪入狱，后被贬为浙藩小吏。从此，丧失科场进取心，游荡江湖，埋没于诗画之间，终成一代名画家。可惜天妒英才，命运多舛，唐寅五十四岁就英年早逝，他比老师小二十岁，却比老师还早走了三个月，真是令人唏嘘。

王鏊、唐寅师徒两人均为大家，能奉和《大石联句》，可见大石山是何等名著当时。

奉和者三，李浒《过云泉寺次大石联句原韵》。

李浒，字宗汉，生平不详，弘治九年（1496）春，曾书云泉寺诗刻。

奉和者四，徐昂发《观阳山云泉庵大石，追和吴原博、史明古联句四十一韵》。

徐昂发是昆山人，生卒年均不详，约于1701年（清圣祖康熙四十年）前后在世。康熙三十九年（1700）进士，改翰林院庶吉士。散馆，授编修。充福建乡试副考官，迁提督江西学政。昂发以文酒自豪，常倾四座。未第时，作宫词百首，遍播旗亭酒社间。亦工骈体文，尤长于考证。著有《畏垒山人诗集》（四卷），及《畏垒笔记》（四卷），并行于世。

《大石联句》作为明代文人在苏州古城西部阳山北麓大石山雅集诞生的诗歌精品，展示了当时吴门书画名流唱和之风极盛的面貌，丰富了大石山的人文积淀，极大地提升了大石山在吴门地区的文化影响。而李应祯的《大石联句》墨迹本，更是彰显了明代中期"天下法书归吾吴"的繁盛景象。

研究《大石联句》有助于进一步挖掘、整理、弘扬大石山文化，激发我们开发建设树山乡村文化生态旅游人文环境的家国情怀。

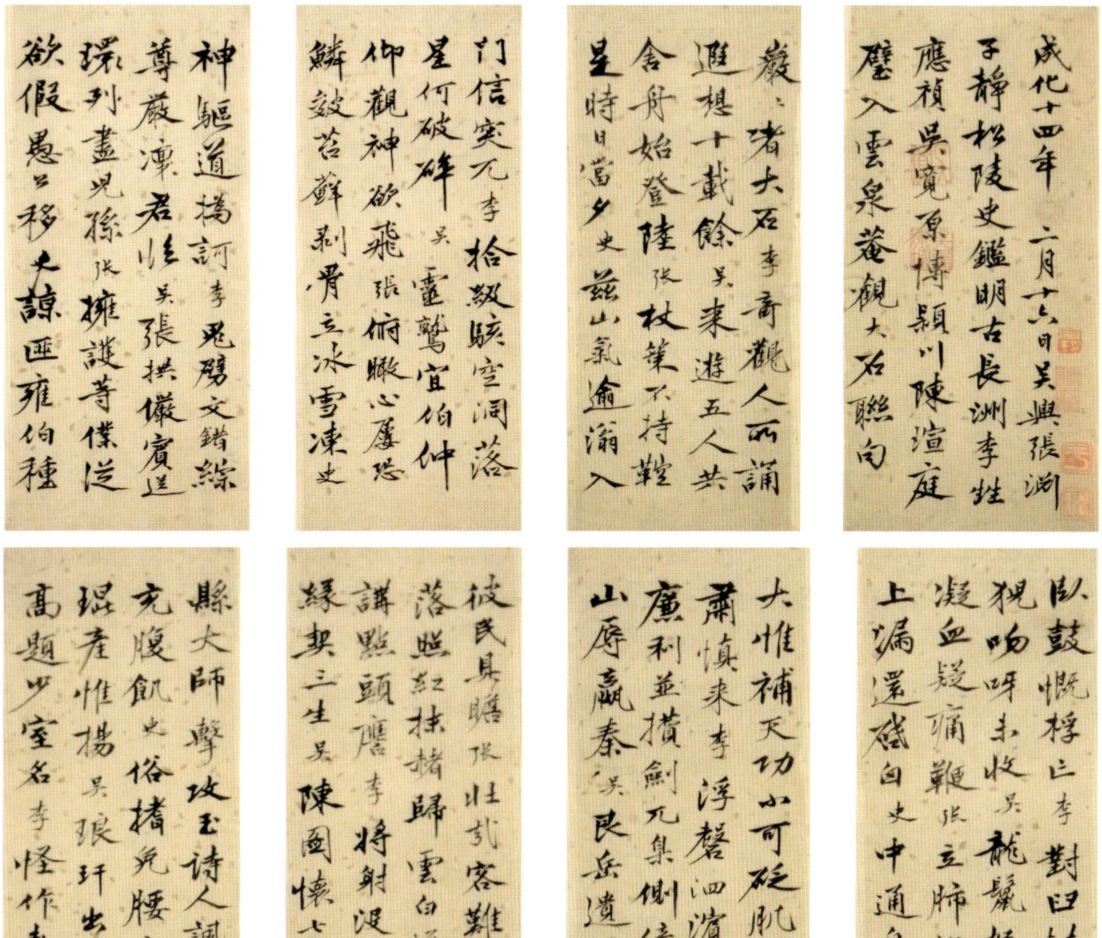

李应祯《大石联句》墨迹本（笔者专程飞赴沈阳辽宁省博物馆用手机拍摄）

李应祯

李应祯，初名甡，又名应熊，以字行，更字贞伯。历任南京兵部武选司员外郎、南京尚宝司卿、南京太仆寺少卿。尚道义，甚负时誉，喜面折人过，人多畏之。博学好古，书善篆、楷，文辞简健。著有《范庵集》等。

成化十四年（1478）二月十六日，吴兴张渊子静，松陵史鉴明古，长洲李甡应祯、吴宽原博，颍川陈瑄庭璧，入云泉庵观大石联句。

岩岩者大石，（李）奇观人所诵。遐想十载余，（吴）来游五人共。
舍舟始登陆，（张）杖策不持鞚。是时日当夕，（史）兹山气逾灏。
入门信突兀，（李）拾级骇空洞。落星何破碎，（吴）灵鹫宜伯仲。
仰观神欲飞，（张）俯瞰心屡恐。鳞皴苔藓剥，（史）骨立冰雪冻。
神驱道抅呵（诃），（李）鬼劈文错综。尊严凛君临，（吴）张拱俨宾送。
环列尽儿孙，（张）拥护等仆从。欲假愚公移，（史）谅匪雍伯种。
卧鼓慨桴亡，（李）对臼怯杵重。猊吻呀未收，（吴）龙鬣怒难控。
凝血疑痛鞭，（张）立肺讵冤讼。上漏还启窗，（史）中通自成衖（弄）。
大惟补天功，小可砭肌用。分矢肃慎来，（李）浮磬泗滨贡。
（张）廉利并攒剑，兀臬侧倚瓮。峄山辱嬴秦，（吴）艮岳遗汴宋。
截彼民具瞻，（张）壮哉客难奉。（史）落照红抹赭，归云白流汞。（张）僧讲点头应，（李）将射没羽中。尘缘契三生，（吴）阵图怀七纵。
（张）在悬太师击，攻玉诗人讽。仙煮充腹饥，（史）俗揩免腰痛。
瑶琨产惟扬，（吴）琅玕出乃雍。高题少室名，（李）怪作东坡供。
半空见玉蝙，千仞附青凤。（张）栖禅近百年，问僧仅三众。
凭虚围曲阑，（吴）架壑出飞栋。（史）竹幽补堂坳，树古嵌崖缝。
窦黑炊烟熏，（李）坎平钟乳瓮。盘盘栈道危，（吴）瀺瀺水泉动。（张）登顿足力疲，眺望眼界空。（史）松露发欲濡，潭月手可弄。（吴）
穷攀任生骴，（李）醉吟微带齆。列坐对弯跫，（张）大呼应锽硿。
嗜癖牛李愚，（史）诗战邹鲁鬨（哄）。（吴）拜奇得颠名，（史）忱坠成噩梦。
（吴）试与叩山灵，肯售捐薄俸。（李）

巖巖者大石哥觀人所誦邂想十載餘來遊五人共舍舟
始登陸杖葤不持鞍是時日當夕茲山氣迨瀚入門信突
兀拾級駭空洞落星何破碎靈鷔宜伯仲觀神欲俯飛
瞰心慮恐鱗敍苢蘚剝骨立冰雪凍神驅搗呵鬼劈文
錯綜尊巖凛君臨張拱儀實送環列盡擁護等僕從

欲假愚公移諒匪雍伯種臥鼓慨捊之對臼怯杵重狷吻
呀未收龍鬢怒難控擬血疑痛鞭立肺詎冤訟上漏還啟
窗中通自成衒大惟補天功小可砭肌用分矢肅慎末浮
磬泗濆貢廉利並攢劍兀臬側倚罋嵂山辱贏泰民嶽遺
沐宋截彼民具瞻壯哉客難奉落照紅抹楮歸雲白流永

僧講點頭應將射沒羽中塵緣契三生陣圖懷七縱左懸
太師擊攻玉詩人諷仙煮充腹饑俗撦免腰痛瑶琨產雜
揚琅玕出乃雍高題少室名怪佐東坡供半空見玉蝙千
仍附青鳳棲禪近百年問僧僅三眾憑壺圍闌架壑出
飛楝竹幽補堂坳樹古嵌崖縫寳黑坎煙熏坎平鐘乳塵

盤盤接道危瀨灡水泉動登頓足力疲眺望眼界空松露
發欲濡潭月手可弄窟攀任生鞍醉吟微帶艶列坐對彎
跧大呼應鏗硜嗜癖牛李愚詩戰鄒會開拜奇得顛名憂
墜成噩夢試與叩山靈肯售捐薄俸

明李東陽顧吳寬張綱史鑒成化甲戌十二月遊陽山雲泉庵觀大石聯句
壬寅正月初一欽瑞興

附

《大石联句》解读

成化十四年二月十六日，吴兴张渊子静，松陵史鉴明古，长洲李甡应祯、吴宽原博，颍川陈瑄庭璧，入云泉庵观大石联句。

小序交代了大石联句创作的时间、地点、人物、缘由
时间：成化十四年二月十六日（1478年3月9日）
地点：云泉庵
人物：张渊、史鉴、李应祯、吴宽、陈瑄
缘由：观大石

译文

岩岩者大石，奇观人所诵。
高高耸立的大石山，峻峭奇伟让人称颂。
遐想十载余，来游五人共。
神往遐想已经十年有余，今日我们五人结伴来游。
舍舟始登陆，杖策不持鞚。
下了船开始登陆，支着拐杖行走，没有骑马。
是时日当夕，兹山气逾溕。
这时夕阳西下，大石山烟岚涌起，云雾缭绕。
入门信突兀，拾级骇空洞。
一进山门，就见到那山岩耸立，果真突兀而起；
沿着山势拾级而上，山崖间的空洞让人惊恐。
落星何破碎，灵鹫宜伯仲。
小块石犹如落星散布四周，这大石山可与灵鹫山媲美。
仰观神欲飞，俯瞰心屡恐。
抬头仰望，神思飘然欲飞；低头俯视，内心屡屡惊恐。
鳞皴苔藓剥，骨立冰雪冻。
苔藓像鳞片般皲裂，岩石嶙峋，挺立在冰雪霜冻之中。

神驱道拗呵（诃），鬼劈文错综。
神灵驱使，道路护卫，悬崖似鬼斧劈削，交错重叠。

尊严凛君临，张拱俨宾送。
尊贵庄严肃穆，好似君临天下；张臂拱手，俨然礼送贵宾。

环列尽儿孙，拥护等仆从。
环绕大石的尽是儿孙般的小山，它们如同随从仆人一般簇拥拱护着大石山。

欲假愚公移，谅匪雍伯种。
想要借助愚公之力移往别处，料想它们也没有雍伯的胆量。

卧鼓慨桴亡，对臼怯杵重。
战鼓停息，感慨鼓槌弃失，对着石臼又怕木杵沉重。

猊吻呀未收，龙鬣怒难控。
狮子张开大嘴没有收拢，巨龙发怒难以控制。

凝血疑痛鞭，立肺讵冤讼。
血凝住了，怀疑鞭子抽打得不痛；那红色的立肺石难道是在申诉冤屈？

上漏还启窗，中通自成衖（弄）。
岩壁上面漏空，好像还开启了天窗；中间通透，自然形成小弄。

大惟补天功，小可砭肌用。
大的希望能够起到补天的功效，小的可以作为针石，供扎穴治病之用。

分矢肃慎来，浮磬泗滨贡。
石箭由周武王、成王时的肃慎氏来呈贡，能做乐器的石磬从泗水边浮来。

廉利并攒剑，兀臬侧依瓮。
锋利的石头可拼装成剑，动摇不稳的侧靠在老石边。

峄山辱嬴秦，艮岳遗汴宋。
峄山碑成了嬴氏秦王朝的耻辱，艮岳成了卞宋王朝的遗恨。

截彼民具瞻，壮哉客难奉。
大石山高耸挺立，乡民们一起去观瞻，它壮观但难以攀登。

落照红抹赭，归云白流汞。
夕阳下的赭色大石涂上了一抹红色，归来的行云白得像流出了水银。

僧讲点头应，将射没羽中。
僧公说法，巨石点头相应，将军射箭，羽入石中。

尘缘契三生，阵图怀七纵。

与尘世的因缘契合三生，上阵作战的部署怀有七纵之策。

在悬大师击，攻玉诗人讽。

大师敲击着悬挂的大钟，诗人用含蓄的话语规劝，纠正别人的过错。

仙煮充腹饥，俗揸免腰痛。

仙人煮石充饥，俗人撑石免痛。

瑶琨产惟扬，琅玕出乃雍。

瑶琨美玉产自扬州，琅玕仙树出自雍州。

高题少室名，怪作东坡供。

在高处的石上题就少室山之名，形状怪异的就像苏东坡那样拿来供奉玩赏。

半空见玉蝙，千仞附青凤。

在大石山半空见到了玉色蝙蝠，千仞石壁上栖息着青凤。

栖禅近百年，问僧仅三众。

坐禅一百余年，问僧人仅有三个。

凭虚围曲阑，架壑出飞栋。

凌空围起了曲折的栏杆，在沟壑上架起的殿阁仿佛飞来的一样。

竹幽补堂坳，树古嵌崖缝。

清幽的竹林补种在佛堂旁的山坳里，古老的树木生长在崖缝之中。

窦黑炊烟熏，坎平钟乳壅。

崖壁间的石洞被炊烟熏成一片黑色，洞中的坑洼不平处被钟乳逐渐堵塞。

盘盘栈道危，潓潓水泉动。

曲折的栈道回环高耸，潓潓的泉水流动发声。

登顿足力疲，眺望眼界空。

上下山道，足力疲倦；眺望四周，眼界空旷。

松露发欲濡，潭月手可弄。

头发好像被松林里的露水沾湿了，水潭里月亮仿佛伸手可掬。

穷攀任生皴，醉吟微带齆。

尽力攀登，任皮肤皲裂；带着醉意吟诗，鼻音微微发齆。

列坐对弯跧，大呼应锽鞳。

各位蜷曲着身体依次而坐，大声呼喊回应着寺院的钟声。

嗜癖牛李愚，诗战邹鲁阋（哄）。

爱石成癖的牛僧孺、李德裕两人党争十分愚蠢，对诗如同邹鲁争斗一般激烈。

拜奇得颠名，忧坠成噩梦。

米芾跪拜奇石赢得"米颠"之名，杞人忧天只能自取噩梦。

试与叩山灵，肯售捐薄俸。

试着叩问山神，如肯售卖，我们将捐出微薄的薪俸。

全诗 41 韵，82 句，共 410 字。

通过描绘大石山山势奇伟、岩壁峻峭的地理形状，表达了对大自然鬼斧神工造化的敬畏和赞美。

王鏊

王鏊，明吴县（今属江苏苏州）人。成化十一年（1475）进士，官至文渊阁大学士。潜心学问，文章尔雅，议论精辟，博学有识鉴。著有《姑苏志》《震泽集》等。

阳山大石联句（王鏊、唐寅）

峻极惟崧嵩，尝闻吉甫诵。（寅）石今者何为，势若与之共。
偶来试春衣，暂尔解尘鞚。（鏊）登原路屡回，入门树争滃。（寅）
叠处譬为山，呀然忽成洞。（鏊）横陈类涅槃，分峙譬翁仲。（寅）
啾啾猿度悲，贴贴鸟飞恐。（鏊）跃冶祥金流，黝垩圣铁冻。（寅）
化工孰燃炉，气机潜理综。（鏊）一謷还一欹，谁迎复谁送。（寅）
阳山划中开，虎阜凛旁从。（鏊）灵壁岂同侪，岐阳真异种。（寅）
仰窥天阙低，侧压坤维重。（鏊）蹲猊怒将啮，奔马猛难控。（寅）
有并若肩随，或分如斗讼。（鏊）龙象整法筵，鼪鼯失家衖（弄）。（寅）
凿须神禹功，炼待娲皇用。岩岩挹孟轲，侃侃立子贡。
洲边楼碎槌，江上城卧甓。（鏊）凭焉或言晋，砰尔倏賈宋。（寅）
五丁安能驱，百神互相奉。（鏊）负戴赖鲲鲸，点化谢铅汞。（寅）
支倾力已疲，任大材堪中，（鏊）攫拏鬼亦惊，秀杰天所纵。（寅）
好事来重寻，佳句时一讽。（鏊）宁能辞脚茧，且得愈头痛。（寅）
秦禅偶遗吴，汉封当始雍。（鏊）扛非九鼎雄，富比八珍供。（鏊）
咄叱起老羱。搏拊来仪凤。（寅）太湖隐见微，远山朝挹众。（鏊）
沉船露危樯，败屋横折栋。（寅）苔古积成衣，藤枯倒穿缝。（鏊）
巋顶下倒悬，嵌空旁或拥。（寅）凌兢步难移，瑟缩心屡动。（鏊）
幔亭危冠颠，梵宇巧补空。（寅）举酒欲浩歌，援琴时一弄。（鏊）
云生殿阁浮，风发钟磬硿。（寅）上帝关九重，下界市一哄。（鏊）
目中无全吴，胸次有云梦。（寅）便当结幽庐，采撷当月俸。（鏊）

峻極惟嵩嘗聞吉甫誦石今者何為勢若與之共偶來
試春衣皆爾解鞍登原路屢回入門樹爭瀚疊慶譬為
山呀然急成洞橫陳頦涅槃分岐譬翁仲啾啾猿度悲貼
貼鳥飛恐躍冶祥金流黝壘聖鐵凍化工孰燃爐氣機潛
理綜一整還一款誰迎復誰送陽山劃中開虎阜凜旁從
靈壁豈同僑岐陽真異種仰窺天闕低側壓坤維重蹲猊
怒將噛奔馬猛難控有併若隨或肩訟龍象整法
筵難齦失家街鑿須神禹功煉娲皇用巖挹孟軻侃
侃立子貢洲邊樓碎椎江上城卧襄憑焉或言晉砰爾候
賣宋五丁安骰百神互相奉負戴賴鯤鯨點化謝鉛汞
支傾力已疲任大材堪中攪拏鬼亦驚秀傑天所縱好事
來重尋佳句時一諷宙能辭脚繭且得愈頭痛秦禪偶遺
吳漢封當始雍扛非九鼎雄富比八珍供咄叱起老衲搏
抐來儀鳳太湖隱見微遠山朝挹眾沈船露危牆敗屋橫
折棟苔古積成衣藤枯倒穿縫巀頂下倒懸嵌空旁或擁
凌兢步難移瑟縮心屢動幔亭危冠顛梵宇巧補空舉酒
欲浩歌援琴時一弄雲生殿閣浮風發鐘磬碚上帝闢九
重下界市一哄目中無全吳胸次有雲夢便當結幽廬采
擷當月俸

明王鏊唐寅陽山大石聯句 庚子仲秋 飲冰興

登阳山大石

阳山从西来，勇气正咆勃。联峰划中断，散作石突兀。
不知开辟初，谁展造化窟。偶来陟其椒，未步先欲蹶。
俨如大廷朝，冠冕森万笏。又如羽林军，戈剑罗劲卒。
抉开混沌窍，截断防风骨。谽谺唇吻张，璀璨鼻眼突。
尝疑地生痈，又恐天坠孛。嵌岩亦通透，轩敞且崱峍。
梯空路不穷，补缺屋将杌。沮洳滴玲珑，丰茸眠駊騀。
缝生藓驳斑，罅卧松强倔。手摩畏狰狞，足履愁龌龊。
灵湫瞰潜虬，危巢俯栖鹘。佳处诚悠悠，怪事良呐呐。
炼疑娲皇遗，堕恐共工挨。神禹凿难平，姱娥推欲没。
太湖杯汀濛，绝顶箭恍惚。作诗继前游，归兴殊忽忽。

杨循吉

杨循吉,字君卿,一作君谦,号南峰、雁村居士等。论诗主张直吐胸怀、实叙景象、老少皆懂。著有《松筹堂集》等。

咏阳山大石和李少卿作

伟哉此阳山,有石怪可诵。形将大块裁,势与莲花共。
仰观一何高,登陟不可鞿。鸟飞必徊翔,云出自腾瀹。
孤圆外成峤,空朗中含洞。瘦如辟谷良,清苦食蚓仲。
深思殆天设,乍至令人恐。浓萝垂作阴,寒泉滴为冻。
戴庵亦颠危,携筋更交综。耳胁或骈攒,擎拳时独送。
巍巍上少并,森森下多从。荒厓始谁开,倒树谅非种。
在兹三吴间,当以九鼎重。崇岩借冠冕,卑峦听提控。
劳呼猿固匦,被压松堪讼。曲躬始得门,侧身还入衖(弄)。
拂苔劣容眠,收乳兼资用。志犹记秦余,材曷遗禹贡。
立久气湿袍,啸高声达甓。论年越殷周,言时晦唐宋。
一为佛者居,永作游人奉。病宜谐著书,寐称枟养乘。
四方传不诬,诸公评切中。临谷足还酸,乘颠目偏纵。
支颐讵厌看,极口难竭讽。鬼凿手须胼,鲸负背应痛。
东岱徒小鲁,西华谬推雍。悬磬风发鸣,香炉烟结供。
曝沙伏灵鼋,食冈停远凤。是知隆拔群,所贵秀合众。
偷余殿容橡,就陕亭阁栋。枯藤蔓穿窍,长蛇舌撩缝。
轻清受指弹,玲珑脱泥甕。芾拜本无忝,羽撼争得动。
栽培稀尺闲,构架靡寸空。炎伏凉自生,清秋月堪弄。
林深必赖烛,岚酷能作鬷。星化犹立芒,龙吟如叶硿。
岭狮驯已宾,阜虎狞与哄。久嗟隔胜赏,频劳落清梦。
即欲营终栖,其奈怀微俸。

沈周

沈周（1427—1509），字启南，号石田。明长洲（今属江苏苏州）人。性情敦厚，博学多才，不应科举，专事诗文、书画，与文徵明、唐寅、仇英并称"明四家"。著有《石田集》《客座新闻》等。

登大石云泉庵读李武选、吴太史、张梦坡、史西村诸公联句有作（成化辛丑）

昔闻大石会，衷热思载酒。
三年耻独游，阊户屡缩首。
拘束非达士，畸人信无偶。
问路始奋屐，不避飞磴陡。
登顿风披身，笑语云入口。
直上忽左旋，方塞复傍剖。
跨空紫玉楹，下穿龙腹走。
胆慄欲中止，仍为奇观诱。
碧殿嵌阳崖，硌确碍窗牖。
转高得绝胜，小阁踞屿嵝。
如从毗卢现，载以莲花九。
东壁读联篇，句下其某某。
文章千代物，与石俱不朽。
后客莫容续，令人议貂狗。

大石状

望望秦余杭，首尾行不了。大石突其尻，翘然一拳挢。
山体厚藏骨，吐秀此特表。正类抱中婴，头顶露于襁。
形大气则散，趣足喜在小。其深虽未即，远观已自好。
顷来莫能穷，继至敢草草。循墙道林麓，记曲乃遗杳。
登登觉向峻，渐渐驾木杪。狼峰据门左，呵禁口欲咬。
有磴沿百级，有殿嵌山造。并殿跨偃石，悬身龙枭矫。
行人自其下，恍惚怖四爪。转高躏其背，股慄身亦掉。
镇脑结佛亭，所仗力可扰。四壁满题句，贵贱成杂扫。
同游惩涉险，旋蹲促及早。次寻（岩）间寮，蜂房互窈窕。
缘势尽西向，局地窄接缭。云栈中贯穿，所历平地少。
山静日自长，石瘠人亦槁。坐僻觊居安，传奇被游搅。
阳崖诧唇掀，阴窦疑目眢。虚含风飂飂，湿映云稍稍。
众绉不可熨，乱𪩘龟坼兆。层叠百宝合，正绀或厕缥。
亘此金刚座，千古不可剿。危椒压屋脊，雷雨尝怯倒。
草木亦作怪，牢络万萝茑。苍松长深根，本矮枝节老。
斜见山桃花，微红映丛筱。草异传多药，采掇未谙晓。
欲宿偿三过，衾裯悔忘抱。既夕气更佳，延月象倍皎。
尚欠一踏雪，意先有琦岛。情状要细述，言语未获巧。
不期诸崔嵬，挂腹早韫稿。宛然紫芙蓉，为我一手拗。
东坡昔袖去，援例我非狡。山僧苦着相，便觉生烦恼。

三过大石云泉庵用杜工部道林二寺行韵

十年不到岁月殊，江关所寓程非纡。山塍石磴足尚健，地势渐高开太湖。
人言吴岳亚庐岳，我谓此石当香炉。群龙夭矫聚山脉，奔走左右来争珠。
秋天日晶气更爽，何况殷勤亲友俱。茶烟出屋窜野鼠，谷风振竹喧林乌。
两番记壁皆有作，已及三过今难无。要登厓寮静觅句，石梁三过挥旁扶。
老年尽好寻乐处，官府清简无求诛。郊村接日错红树，积禾塞场鸡狗腴。
行厨足酒不待买，藏阄未畅五白呼。漱酗多临净涧趾，风襟或倚长松躯。
狂言偶发合古韵，存弃但信山僧图。在游不当鄙下里，同声可应何相孤。
青山落落我兀兀，白发种种心于于。衾裯失抱悔莫宿，下山日暮随樵夫。

辛丑仲夏游阳山观大石

问寺松篁里，芒鞋苦未停。蒸云山似甑，隐石树为屏。
鸟啄台中食，僧翻几上经。闲来复闲去，空损石苔青。

皇甫涍

皇甫涍（1497—1546），字子安，号少玄。明长洲（今属江苏苏州）人。冲弟。诸生。嘉靖十一年（1532）进士，曾任右春坊司直兼翰林院检讨。好学不倦，工于诗，有才名。著有《续高士传》《皇甫少玄集》等。

雨后舟行望大石诸山

暝游清溪上，虹雨开西岑。
纤月照幽意，虚舟鸣夜琴。
寥寥翠微静，霭霭芳树深。
云径空如此，弥年违素心。

欲别子循登大石云泉庵

惜别向何处，
山龛到竹林。
以予独往意，
怜尔倦游心。
石壁飞残叶，
萝轩下夕阴。
清溪一回首，
惆怅白云深。

皇甫浞 欲别子循登大石云泉庵

辛丑之秋 钦瑞兴

黄省曾

黄省曾,明代学者。字勉之,号五岳山人,黄鲁曾之弟。明吴县(今属江苏苏州)人,先世为河南汝宁人。《明儒学案》记其"少好古文,解通《尔雅》,为王济之、杨君谦所知"。嘉靖十年(1531)乡试中举,名列榜首,后进士屡试不第,转攻诗词和绘画。交游极广,王阳明讲学越东,黄往见执弟子礼,又请益于湛若水,学诗于李梦阳。诗作以华艳胜。

大石山寺

学风飞峦峻,如龙偃岫长。午崖犹未日,秋洞不凋芳。
芝磴霞沾屐,林楼翠惹觞。旷寥僧坐久,摘果供焚香。

皇甫汸

皇甫汸（1498—1582），明长洲（今属江苏苏州）人。字子循，号百泉。嘉靖八年（1529）进士，曾任工部主事。七岁能诗，又工书法，与皇甫冲、皇甫涍、皇甫濂并称"皇甫四杰"。性和易，好狎游。著有《皇甫司勋集》。

朱大理邀游大石

振策凌霄上，留筵拂石开。峰悬疑削出，崖断似飞来。
云气晴交雨，涛声昼引雷。危梁倘可度，扶醉隔溪回。

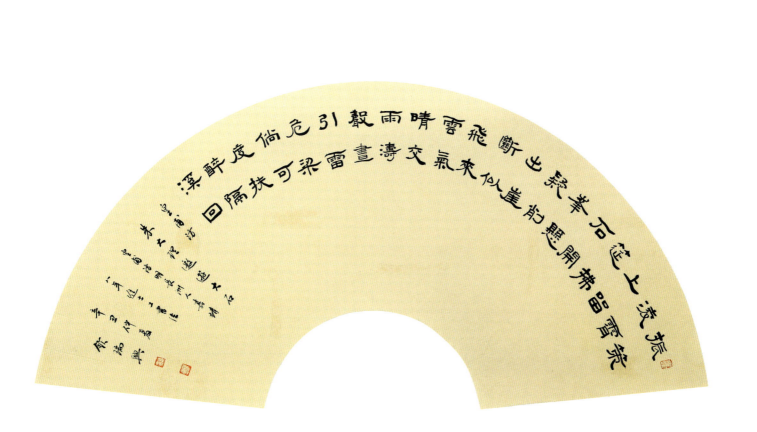

万表

万表（1498—1556），字民望，号九沙山人、鹿园居士。明鄞县（今属浙江宁波）人，祖籍定远（今属安徽）。正德十五年（1520）进士，官至浙直海防总兵，曾在苏州等地抗倭。好读书，通经典，与罗洪先、王畿等往来，扬阳明学说。著有《玩鹿亭稿》《灼艾集》等。

登大石山偶忆石川公语奇胜宛然喜而赋此

昔逢石川老，语我大石奇。
今日登临处，穿云路更危。
飞梁横洞口，回壁俯湖湄。
坐爱空中阁，高栖岁月迟。

彭年

彭年（1505—1566），字孔嘉，号隆池山樵。明长洲（今属江苏苏州）人，昉子。性颖异，嗜读书，六经诸子、史两汉、古金石，无不探研。不喜习举子业。文章工腴，尤长记传，诗宗盛唐，旁及白居易。精书法，宗欧柳。与文徵明友善，以词翰名，时称"长者"。著有《隆池山樵诗集》等。

同大林上人陪东岩使君游览十首（选一）

大石

阳山青不断，阴壑路疑穷。
鳌蛛凌松杪，骖騑历桂丛。
隔云分野绿，穿月逗中空。
绝胜留孤赏，疏钟殷梵宫。

王穉登

王穉登(1535—1612),字百穀。先世江阴人,移居吴门。博学能文,善书法。吴中自文徵明后,风雅无定属。穉登尝及徵明门,遥接其风,主吴中词翰之席者三十余年。著有《燕市集》《客越志》等。

重游大石

旧游还仿佛,重礼佛前灯。
废井泉俱溢,层崖石欲崩。
半凋空腹树,久病白头僧。
济胜非前度,危峰上不能。

王穉登《重修大石云泉庵记》

大石在阳山北陇，嵯峨突兀，望之若莲花涌出山半。其中有石梁，从平地起，可百尺，横亘两崖间，若蛼螯雌霓，奇甚。昔人于此结庵，名曰"云泉"。庵久圮山中，此邱屡修屡废，游者病焉。

岁丙申，司徒郎董使君奉命榷浒墅税，当讥关之暇，偕文酒客来游，慨然思割俸重修。而会及瓜将代斥，有美锾，乃集材鸠工。佛庐禅室之颓坏者，葺之；高榭层轩之破漏者，补之；樽栌榱桷之蠹腐者，易之；髹漆丹青之剥落者，新之。署其阁曰"凝霞"，复其门曰"云泉"。

而后，金铺射日，绀殿侵云，朱甍画栋，鳞鳞翼翼，与青松白云、修竹流泉相映带。庵之胜，视昔不啻十倍。于是，词人咏，酒人酣，山人憩，行人瞻，王人驿节，游人停骖，禅人顶笠腰装而至者，莫不诵董使君有德于山，灵非浅鲜也。

附：

读王穉登《重修大石云泉庵记》

阳山北麓大石云泉寺，为宋代古寺，旧称"云泉庵"。原址在大石山上，古人称"涌出山腰如莲花"。明代成化年间，这里有过大文豪吴宽和祝枝山的岳丈李应祯等四人大石联句的佳话，被后人誉为"明代的兰亭雅集"。吴宽还写过一篇《阳山大石岩云泉庵记》，保留在《吴中金石录》中。

近日，在苏州方志馆所藏史料中又发现了明代诗人王穉登撰写的一篇《重修大石云泉庵记》。

王穉登，字百穀，1535年生，1612年去世，享年七十七岁。历经明代嘉靖、隆庆、万历三朝，是当时著名的诗人、文学家。生于江阴，后移居吴门。据说他四岁能属对，六岁便能写擘窠大字，十岁能诗，长益才气骏发。曾入文徵明门，受其熏陶。诗文书法有一定影响，其博学多艺，名满吴会。尤其在诗文方面，颇为当世推重。他的诗歌颇有才情，七律、五律、歌赋都很在行。他以个人风貌点缀于明代诗歌史，"主吴中词翰之席者三十余年"。嘉靖末入太学，万历时曾召修国史，未赴，以布衣终生。他一生著述颇丰，仅《中国丛书综录》所列其个人集子就有二十种之多，其中以《吴郡丹青志》最为有名，其主要作品大多收在《王百穀集》中。

王穉登多次登临阳山，留下了不少歌咏阳山的诗文。这篇新发现的《重修大石云泉庵记》，着实令人惊喜。从此，阳山文库又添加了一篇精彩的妙文。现在就让我们来欣赏品读。

原文无标点段落，为便于阅读，加了标点并将其分成三小节。现逐一解读如下：

大石在阳山北陇，嵯峨突兀，望之若莲花涌出山半。其中有石梁，从平地起，可百尺，横亘两崖间，若蛣蜣雌霓，奇甚。昔人于此结庵，名曰"云泉"。庵久圮山中，此邱屡修屡废，游者病焉。

第一节，写重修云泉庵的原因。

开头首句，点明大石山在阳山北面隆起的山冈上，远望就像莲花涌开在半山腰。第二句，用简练的描述，突出介绍了大石最奇特的景观——招隐桥。石梁平地拔起，横亘于两崖间，似大虫盘蜷，像虹霓横卧，非常奇特。这石梁就是我们今天看到的仙桥。其造型犹如桂林的象鼻峰，故也有人称之为"小象鼻峰"。大石八景之一——招隐桥，指的就是这里。第三句，写云泉庵的得名来历。因为昔人看中这块宝地，在此结庵，取名"云泉",所以就有了云泉庵。第四句,点明庵的败状令游者担忧。

> 岁丙申,司徒郎董使君奉命榷浒墅税,当讥关之暇,偕文酒客来游,慨然思割俸重修。而会及瓜将代矣,有羡镪,乃集材鸠工。佛庐禅室之颓坏者,葺之;高榭层轩之破漏者,补之;樽栌桷楠之蠹腐者,易之;髹漆丹青之剥落者,新之。署其阁曰"凝霞",复其门曰"云泉"。

第二节,写重修云泉庵的经过。

首句,交代重修的背景。岁丙申,指1596年,时为明万历二十四年,司徒郎董汉儒奉命任浒墅关榷使,也就是浒墅关的最高长官。公务之余,董与一帮文友酒客游大石山,见到云泉庵破败之状,感慨不已,当即决定捐出自己的俸禄,重修云泉庵。第二句,写筹集资金,购买材料,召集工匠。"瓜将代矣",说明一时拿不出现钱,就用财物抵充。"有羡镪,乃集材鸠工"说明精打细算,一有余钱,就去买材料、召集工匠,准备开工修建。第三句,写重修的方法。共有四种。一是"葺",就是修理佛庐禅室中已破败毁坏的部分;二是"补",对高榭层轩破漏的地方进行修补;三是"易",就是更换梁柱斗拱中已被蛀腐的部分;四是"新",就是对建筑中油漆或颜色剥落的地方重新油漆或粉刷,让它焕然一新。第四句,写重修后建筑物的匾额署名。阁取名为"凝霞",门重新署题上老的名称"云泉"。

> 而后,金铺射日,绀殿侵云,朱甍画栋,鳞鳞翼翼,与青松白云、修竹流泉相映带。庵之胜,视昔不翅十倍。于是,词人咏,酒人酣,山人憩,行人瞻,王人弭节,游人停鸾,禅人顶笠腰装而至者,莫不诵董使君有德于山,灵非浅鲜也。

第三节,写重修后的胜景。

第一句,以清丽的文辞,写出了重修后的幽胜之境。金色的题匾在日光下熠熠生辉,黑红色的大殿高耸入云。所有佛阁都光鲜整齐,与青松、白云、修竹、流泉相互映带,构成了一幅完美的大石云泉庵胜景图。第二句,对重修的云泉庵予以高度赞美。称它的幽胜之美比过去胜过了十倍。第三句,写重修后的云泉庵声名大震,引来四方争相游观。诗人在这里歌咏,酒客在这里酣畅,山人在这里休憩,行人在这里瞻望。最后一句,写人们对重修者董汉儒赞颂有加。看到大石云泉庵的胜景,天子的使臣放慢车速,游人索性停车不走,僧人顶着斗笠束腰着装前来,所有来到这里的人没有一个不称颂董汉儒对这座山的功德,灵光实在不一般啊!

王叔承

王叔承（1537—1601），初名光允，字叔承，后更字承父，以字行，晚号昆仑山人。明吴江人（今属江苏苏州）。早弃举子业，纵游齐、鲁、燕、赵、闽、楚诸地。其诗极为王世贞兄弟所称。尝纵观西苑园内之胜，作汉宫曲数十阕，流传禁中。著有《王承父诗》等。

宿大石寺山楼

断晖时照暝，
曲径俯云投。
石作空青寺，
林藏掩霭楼。
传花杯影细，
听竹梦魂幽。
可道僧龛结，
群峰驻此丘。

钱允治

钱允治（1541—?），初名府，后以字行，更字功甫。明吴县（今属江苏苏州）人。贫而好学。年八十一，隆冬病疡，映日抄书，薄暮不止，录《大金吊伐录》，年八十三犹健在。殁后无子，遗书皆散去。辑有《草堂诗余》等。

大石

巏山北引甗山斜，宛转林塘映复遮。半岭湖开银世界，嵌空云护石莲花。当门醉象疑成马，题壁游龙渐化蛇。老我尘缘牵未脱，逢僧空愧鬓先华。

顾大典

顾大典（1540—1596），字道行，号衡寓。明吴江（今属江苏苏州）人。隆庆二年（1568）进士，曾任福建提学副使。工书，善绘事，又妙解音律，颇蓄歌妓，自为度曲，不入公府。家有谐赏园、清音阁，池台清旷，宾从觞咏不辍。著有《清音阁集》。

秋日同周叔宗母舅游大石山云泉庵复登阳山箭阙二首

杖策事幽讨，烟霞引兴长。寺疑山作障，岩控石为梁。
竹霭连云密，松涛挟雨狂。周颙方佞佛，趺坐对支郎。

地迥僧寮肃，山回鸟道长。层峦朝引眺，孤阁夜闻香。
石壁流云翠，秋花㴷雨黄。千年怀霸迹，秦代是余杭。（一名秦余杭，始皇曾射于此。）

三、介石书院祀言子

阳山自古就是崇文尚礼之处。从明代开始,阳山大石山就有介石书院。

旧时的书院相当于今天的学校。最早出现在唐朝,发展于宋代,原由富室、学者自行筹款,于山林僻静之处建学舍,或置学田收租,以充经费。旧时正式的教育制度,比如书院的办学宗旨、规章等,是由宋代理学家朱熹创立的。我国宋代著名的书院有江西庐山的白鹿洞书院、湖南长沙的岳麓书院、河南商丘的应天书院、河南登封太室山的嵩阳书院,它们被称为我国古代"四大书院"。书院最初是私立性质的教育场所,后来朝廷赐敕额、书籍,并委派教官、调拨田亩和经费等,书院遂逐步变成半民半官性质的地方教育组织。宋仁宗庆历年间,各地州府皆建官学,一些书院与官学合并。宋神宗时,朝廷将书院的钱、粮一律拨归州学,书院一度衰落。

阳山的介石书院，创建于明代隆庆年间，其创始人名叫顾存仁。顾存仁（1502—1575），字伯刚，号怀东，明苏州府长洲（今属江苏苏州）人。《明史》有传。顾存仁是嘉靖十一年（1532）进士。曾任余姚知县、礼科给事中。嘉靖十七年（1538）十一月，因为民请命，疏陈五事，得罪皇上，被廷杖六十，编管保安州（今河北涿鹿）。他在塞上生活了将近三十年。直到穆宗即位（1567），才被召为南京通政参议，历太仆卿。但任职不久，他就要求辞官返乡。顾存仁困厄已久，刚被任用却又急流勇退的精神，受到世人的赞赏。

顾存仁还是著名的诗人和学者，著有《东白草堂集》四卷，并编撰《太仆寺志》《余姚县志》。

顾存仁辞官返乡后，热心乡邦教育，崇尚儒家学说，为教化乡里，明道立德，他先后捐出私田三百亩，修建县学并在阳山北麓大石山兴建了介石书院。"介石"就是大石，因为书院的位置在大石山，所以取名"介石书院"。"介石"还有"操守坚贞"的意思，可见顾存仁办书院的良苦用心还在于培养学子高尚的道德情操。

介石书院建起后，正中主厅供奉先贤言子的塑像，作为书院奉祀的主要人物。两旁各立宋代著作郎王蘋、元代处士顾愚的塑像，作为书院供奉的从祀人物。

言子（前506—前443），名偃，字子游，又称叔氏，常熟人。春秋时孔子三千弟子中唯一的南方人。后人之所以称他为"言子"，是出于对他的尊敬。言偃出生于吴地，成年后到鲁国就学于孔子，从言偃比孔子年轻四十五岁来看，他当是孔子晚年时的学生。孔子有弟子三千，贤人七十二，言偃即为七十二贤人之一。他擅长文学（指历史文献），曾任鲁国武城宰，阐扬孔子学说，用礼乐教育士民，鲁国境内因此到处有弦歌之声，为孔子所称赞。

孔子授徒，设有德行、政事、言语、文学等"专业"。这些"专业"中有优秀学生十名，后人称为"十哲"，他们分别为：

德行——颜回、闵损、冉耕、冉雍；

言语——宰予、端木赐；

政事——冉求、仲由；

文学——言偃、卜商。

因言偃名列第九，故后人又称其为"十哲人中第九人"。又因言偃为孔子学生中唯一的南方人，所以又被称为"北学中国，南方一人"和"南方夫子"。

王蘋（1082—1153），字信伯，福建福清人。是宋代有名的理学家程颐、程颢的高足，主要研究心学，被称为"程门高弟"。他后来寓居苏州，《八闽通志》上说他：资禀清粹，充养纯固，平居恂恂儒者。及语当世之务、民俗利病，若习于从政者。绍兴间，守臣孙祐荐其素行高洁，有忧时爱君之心。召对，赐进士出身，除秘书省正字。尝为上言曰："人心广大无垠，万善皆备，盛德大业由此而成，故欲传尧、舜、禹、汤、文、武之道，扩充是心焉耳。"上善之。官至左朝奉郎。杨时尝曰："同门后来成就，莫逾吾信伯。"

顾愚是生活在元代的大儒，人们称他为处士，因为他有才德而又隐居乡野山林不肯做官。顾愚是顾存仁的曾祖父。

介石书院奉祀言子、王信伯、顾愚三位先贤学人，可见顾存仁兴建书院的宗旨是弘扬儒家学说、提倡孔孟之道。

介石书院建起后声名大振，在吴地极有影响。明代著名文学家李攀龙专门为书院撰写了《阳山介石书院记》，文中对顾存仁捐田建学的义举大加赞赏。

介石书院在明崇祯年间重修，起因是云泉庵的僧人将主祀的言子像和从祀的王蘋、顾愚像摒弃在了墙角，欲占有介石书院。顾存仁的玄孙顾苓在文震孟、宋先之的帮助下，驱逐了僧人，恢复了书院及其祠堂。崇祯十一年（1638），书院修复完毕，顾苓请兵科给事中宋先之为书院书写了"鸣泉阁"的匾额。崇祯十三年请应天府巡抚张国维重新书写了"介石书院"匾额。崇祯十四年，又请钱谦益撰写了《复介石书院记》。

明末清初画家、文徵明的曾孙文从简（1574—1648）慕名前往大石山，应顾苓之邀为介石书院作画，留下了珍贵的《介石书院图》。此图作于癸未八月廿一日（1643年10月6日），文从简时年七十。

介石书院在明代后期圮废，到了清代康熙壬戌年（1682），知府陈常夏在它的旧址上建了关帝庙。又过了十年，廪生黄衮弃儒学道，入山修炼，到大石山访问介石书院遗址，在庙的右边重建书院，在阁中又悬挂上"介石书院"的匾额，并重置言子、王蘋、顾愚三位先贤木主，供奉香火不绝。

时著名诗人、戏曲家尤侗特地为此作记，题为"大石山重立先贤子游祠碑记"。文中称"祀言子者宜在姑苏，万世不祧可也"，意思是说在苏州奉祀言子，可永世不迁移。

尤侗（1618—1704），明末清初苏州府长洲（今属江苏苏州）人。尤侗在诗、文、词、曲等多个领域均有建树。他论诗、论文尚性情、尚真。尤侗影响最大的是戏曲。

他主张能为曲者方能为诗词，见解独到。他的戏曲创作融史识、议论、曲唱于一炉。尤侗著作浩繁，大多收入《西堂全集》和《西堂余集》中。他曾被顺治皇帝誉为"真才子"，被康熙皇帝誉为"老名士"。

清代诗人褚篆喜重游大石介石书院言子游祠后作了两首诗：

披荆寻大石，复见讲堂成。
旷代师儒席，名山香火情。
管弦遗韵在，笋蕨野芳盈。
兴废关吾党，人知颂囧卿。

构院因新木，重标介石题。
先贤仍仰止，胜地幸攀跻。
阁迥瞻云岫，林香问竹畦。
东南倡道意，好为志山栖。

令人欣喜的是，介石书院今天已经恢复重现在大石山戈家坞。书院整幢房屋面阔三间，为木结构建筑，内设读书雅座，书架上书籍排放整齐，文学、历史等门类齐全、琳琅满目，读书人可在此尽兴赏读。书院周边，竹径幽深，山溪清淙，充满古韵的村庄错落延展，仿佛人间仙境。

李攀龙

李攀龙（1514—1570），字于鳞，号沧溟，历城（今山东济南）人。明代著名文学家。继"前七子"之后，与谢榛、王世贞等倡导文学复古运动，为"后七子"的领袖人物。主盟文坛二十余年，其影响及于清初。

李攀龙《阳山介石书院记》

伯刚先生既先后捐田二百亩，郡邑诸生矣，寻又捐田一百亩，建介石书院，以祀言公子游其中，而宋著作佐郎王公蘋、明处士顾公愚从焉，以系师承劝风俗也。则惟是其身自有之哉！

始先生在给事中时，上疏先帝，广旷荡抑邪佞者五事忤旨，谪居庸一日，而直声动天下，家居论学，师承所自在，风俗所自起，犹未敢一日忘其党也，岂以今之为文学者乃吴于六艺，视天下为蔚然乎？然文学于吴，自文学子游始。子游既学于中国，归而南北之学立，前知洙泗之间，断断如也，而谁以易之？惟是宁不负《春秋》一辞。弦歌武城，必以所闻于孔子，宁倦后焉。行不由径，必以得之于澹台灭明而惧夫其流异邪？今之君子，盖伤之曰："于《六艺》焉，而吴视天下为蔚然，于理奚当也？孰与谈性命则称天，著功令则语圣之为快哉！遂至如许长伯号其徒唐林辈以'四科'，一堂之上避席危坐，称天语圣，何颜闵之具也？愈严为颂，愈近绵蕞之戏，不然持说相难，颡门耀之，帖括自爱，谓道在是，所为《六艺》蔚然者，举以掩焉，而吴乃犹是其为文学。"微言以讽，诗之为教，弦歌之意乎？子羽度江，吴多剑术之士，未尝无传流斯异耳，岂其微哉？子游之为兹，厚于后世也，岂其本之则无沾沾《六艺》，而子思唱之，孟轲和之，以附先君子之列乎？必不然矣。及观信伯所为，荐于胡安国者，学曰师承，识曰世务。然信伯说上，则独以心学。心学奚当于世务？徒所闻于二程氏者具是，即其主所不欲，卒不以夺其所闻于师而迂阔自嫌也。见无非道与学，何必使自口出！及易其所闻，乃以其所欲，此于文学奚当焉？原鲁义不仕元，执在我而已。即质行如许衡吴沈，有不必信者。高皇帝大征大儒，尝一诣京师，归而伏思穿几，凡数十年，有可以得诸大儒，信又不但在我，则亦何尝论学也？

吾党诸生居以蔚然于《六艺》出，以直声动天下，即田三百亩若固有之；"不素餐兮"，孰大于是？自孔子布衣养徒三千人，而子游与之矣。何以称嗜饮食偷儒惮事，安得有君子固不用力之言，而曰是子游氏之贱儒乎？此介石书院所为偃之室，从以二君子者，卒所捐田之志也，是为未敢一日忘其党云尔。

信伯，蘋字；原鲁，愚字。原鲁于先生为四世祖，先生名存仁，字伯刚，别号淮东，嘉靖壬辰进士也。

钱谦益

钱谦益（1582—1664），字受之，号牧斋，晚号蒙叟，明末清初常熟人。万历三十八年（1610）进士，入清后为礼部侍郎。学问渊博，为明末文坛领袖，著有《牧斋初学集》《牧斋有学集》等。

钱谦益《复介石书院记》

故太仆寺卿伯刚顾公在谏垣，以言事谪居庸关外。久之，得还吴。卜居大石山下，为楼于山之麓，以祀吴公子游。而宋著作信伯王公，与其始祖原鲁先生祔焉，颜之曰"介石书院"，济南李攀龙为之记。

楼之上有云泉庵，庵僧司祠中香火，久而忘其故，弃三贤神主于墙角，将奄为己有。太仆玄孙苓请于兵使者宋公，逐僧而复故祠额焉。既蒇事，而请予书之。

予惟佛氏之塔庙，与吾儒之祠宇，多托于名山巨石、修竹茂樾之间，各有疆理，无相越也。天池之斥墓地，使千年之古刹，化为昆明之劫灰，吾不忍以屋庐火书之论张之；大石之修先祠，使百年之俎豆，比于甘棠之憩茇，吾不敢以舍宅布地之缘盖之，各成其是而已矣。登斯楼也，楹桷雕焕，灯火青荧，先贤之像设，俨然在焉。已而，观太仆之缔构，寒泉钦铮，如聆其清声；修篁击戛，如见其直节。俯仰彷徨，有不忾然而兴起者乎？后之君子，其尚相与瞻仰而引之弗替也哉！

若夫吴公之后，中吴之名贤多矣，何以独祀著作？以其地则保佑之祠，著作故在震泽之乡较（校），而阳山非其所也。攀龙之记，颇推论著作所以得配子游者，其言支离傅会，非予所知也。嘉苓之志，为记其修复如此。崇祯辛巳十一月朔日，虞山钱谦益记。

故太僕寺卿伯剛顧公在諫垣以言事謫居庸關外久必得還吳卜居大石山下為樓於山之麓以祀吳公子游而宋著作信伯王公與其始祖原魯先生祔焉顏之曰不石書院濟南李攀龍為之記樓之上有雲泉菴僧司祠中香火久而忘其故棄三賢神主於牆角將奄為己有太僕

玄孫苓請於兵使者宋公逐僧而復故祠額焉既藏事而請多書之多惟佛氏之塔廟與吾儒之祠宇多托於名山巨石倚竹茂樾之間各有疆理無相越也天池之斥墓地僕之締構寒泉鉥鈰如聆其清馭俯篁擊夏如見其直節倦仰徬徨有不慊然而興起者乎後之君子其尚相與瞻仰而引之弗替也

吾不敢以舍宅布地之緣蓋之各成其是而已吳登斯樓也摭拍彫煥燈火青熒先賢之像設儼然在焉己而觀太論張之俯使先祖豆比於甘棠之憩茇

使千年之古剎化為昆明之劫灰吾不忍以屋廬火書之論張之大石之俯使先祖豆比於甘棠之憩茇

以獨祀著作以其地則保祐之祠著作故在震澤之鄉較而陽山北其所也攀龍之記頗推論著作所以得配子游者其言支離傅會非予所知也嘉苓之志為記其修復如此崇禎辛巳十一月朔日虞山錢謙益記

錢牧齋復介石書院記 辛丑大寒於揚智堂 鐵瀚興

尤侗

尤侗（1618—1704），字同人、展成，号悔庵、艮斋，晚号西堂老人。康熙十八年（1679）举博学鸿词科，授翰林院检讨，与修《明史》。天才富赡，诗多新警之思，杂以谐谑，每一篇出，传诵遍人口。著有《西堂全集》等。

尤侗《大石山重立先贤子游祠碑记》

吾吴阳山，盖有大石云。有明嘉靖间给事顾公存仁于其地建介石书院。介石者，大石也，中祀先贤子游氏，而以宋著作佐郎王公蘋、明处士顾公恳配焉，久而废矣。

逮吾代康熙壬戌，有陈太守常夏即其地建关帝祠，延有道黄子虚堂主之居，未果。又十年，黄子退老，修炼于此，因从土人访问先贤遗址，鲜有存者。乃于右偏杰阁重设木主以奉香火，而征予为记。

予惟吴自太伯开疆，犹习断发文身之俗，至春秋时崛起者二人，一为延陵季子，一为言氏子游。季子以义让称，迹其历聘列国，观四代之乐，辨十五国之风，彬彬乎阅览博物，君子也，然文学犹罕闻焉。及言子东游洙泗，名在四科，归而其教大行，有子游氏之儒，则吾吴文学，言子其祖也。虽然，言子不独文学著也，政事亦优焉。其宰武城，一日学道，再日得人。夫学道则教化兴，得人则风俗正。以叢尔邑，曾子居之，去则薪木无毁，反则墙屋复修，弟子待先生忠敬如此，岂非弦歌之遗风乎？以澹台灭明斩蛟夺璧之勇游于孔门，雍容就七十子之列，南游至江，从弟子三百人。武城之一变而文也，子游教之也，而况于吾吴乎？吾吴文学于今为盛，十室之里，匡坐而吟，三尺之童，操觚以作。冠裳接于朝，著书卷，遍于海隅。溯厥渊源，微先贤之功不及此。以春秋之例比之，仲尼在鲁，天王也。二三子散而四方各居大国，言子之长有吾吴，不亦宜乎？是故，祀季子者宜在延陵，祀言子者宜在姑苏，万世不祧可也。

继子游而起者，代不乏人，而独以王、顾两公从祀者。予按济南生《记》谓："王信伯学于程氏，以心学事其君。顾原鲁，义不仕元，伏思穿几凡数十年，皆儒林之表表者，故仍其旧云。"予独喜虚堂，固儒家子而逃于黄冠，盖隐君子之流，乃能慨然复古，知所师承，可谓不背本矣！是为记。

吾吳陽山蓋有大石明嘉靖間給事顧公存仁於其地建介石書院介石者大石也中祀先賢作佐郎王公鏊明雲士顧公愚配焉久而廢矣逮康熙壬戌夏即其地建關帝祠延有道黃子虛堂主之居未果又十年黃子退老修煉於此因從土人訪問先賢遺址鮮有存者乃於右偏傑閣重設木主以奉香火而征予為記予惟吳自太伯開疆斷髮文身之俗至

春秋時崛起者二人一為延陵季子以義讓稱跡其歷聘列國觀四代之樂辨十五國之風彬彬乎閱覽博物君子也然文學猶罕聞焉及言子東遊洙泗名在四科歸而其教大行有子游氏之儒則吾文學著也雖然言子不獨文學著也其祖也夫學道則教化興得人則政事亦優焉一日學道再日得人學道則薪木無毀反則牆屋復修弟子待事亦優焉子游子居之去則

風俗正以蒸甬邑嘗子居之

先生忠敬如此豈非弦歌之遺風乎以澹臺滅明斬蛟奉璧之勇遊於孔門雝容就列七十子之列南遊至江從弟子三百人武城之一雙而文也子游教之也況於吾吳乎吾吳文學於今為盛十室之里匡坐而吟三尺之童操觚以作冠裳接於朝著書卷遍於海隅邈厥淵源微先賢之功不及此以春秋之例比之仲尼在魯天王也二三子散而四方各居大國言子之

宜在延陵祀言子者宜在姑蘇萬世不祧可也繼子游而起者代不乏人而獨以王顧兩公從祀者予按濟南生記謂王信伯學於程氏以心學事其君顧原魯義不仕元伏思穿幾十年皆隱君子表者故仍其舊云予獨喜虛堂園儒家子而是為能慨然復古知所師承可謂不背本矣

流迤尤侗大石山重立先賢子游祠碑記
丙申春欽瑞興 [印]

方鹏

方鹏（1470—？），字子凤，又字时举，号矫亭。明江苏昆山人。正德三年(1508)进士，历南礼部主事、翰林修撰、南京太常寺卿。工诗文。著有《昆山人物志》《矫亭存稿》等。

方鹏《游大石记》

甥懋愚为予道大石之奇也，曰："先生昔寓浙省，凡睦、嵝、瓯、栝诸胜，靡不历览，兹去大石无百里，莫或见之，岂以其近而忽耶？"予笑曰"诺"。乃于嘉靖丁亥三月戊戌，拉梁九皋节判与其子金、予子策及懋愚偕往。

先是予弟时鸣寄宿半塘，入夜访之，明日己亥，朝雨午霁，同登虎丘。庚子，风雨蚤作，午后过浒墅，入竹青塘。夕晖半林，阳山在望，予亟欲登焉，众有难色，乃止。辛丑，舍舟登车，风日清美，松杉荫翳，仅五里，至云泉庵。守僧天然前引，扶登石级，偪侧如栈，憩小亭，读吴文定、李贞伯诸公联句，更折而上，愈险益奇，眇群峰于一拳，挹湖光之半面。超然有独立物表、遐举世外之意。命酒，数行而下，入凝翠楼饮焉。

夫游于斯饮于斯者，日相接迹，驺从之盛失之华，声妓之乐失之纵，行厨之丰失之侈，兹三者予幸无之。若夫以弟从兄、以子奉父、以甥侍舅，则他人之游者之或无也，亦足以自多矣。昔渊明每出，实二子举其蓝舆；安石过别墅，则中外子侄咸在焉。陶之真，谢之达，百世之下闻者兴起。予不敢比迹二公，然南村之幽、东山之胜，与大石之奇要亦不甚相远也，退而为之记。

明 方鹏 游大石记 壬寅正月初二瑞智堂 钦瑞兴

四、大石山房十友谱

明代嘉靖年间(1522—1566),在大石坞的靠南一侧,住着一位名叫顾元庆的文人,他是一位藏书家、刻书家、茶学家。顾元庆原来是黄埭下堡里人,后来随父亲移居阳山。他看中了大石山这块清幽之地,决定在此隐居修身,研究学问。顾元庆的兄弟们多置田买房,积累了不少家产。唯独顾元庆以诗书为乐,著书立说,并建起了自己的书房,名叫"夷白斋"。又建起了藏书堂,取名"夷白堂",藏了一万多卷书籍,其中不少为珍贵的刻本。比如明刻本《开元天宝遗事》,清代藏书家黄丕烈得到这本书后感叹说,此书在汲古阁毛氏时就已十分珍贵,现在更加罕见,已经成为秘籍了。汲古阁是晚明时期常熟人毛晋刻书、藏书的地方,毛晋本人也是一位在当时很有名气的大藏书家。毛晋一生不惜重金大量购藏善本书籍,为刻书提供版本来源,先后购藏宋元本及其他善本达八千四百册之多。顾元庆的藏书数量比后来的汲古阁还多,可见夷白堂的藏书规模十分可观。

顾元庆的隐居地在大石山左麓,他自己为隐居地取了个名号叫"顾家青山"。它的位置就在我们大石山的南侧,戈家坞的北面。

顾元庆还有一个名号叫"大有",所以又有人称他"顾大有"。他一生著述无数,最有名的有《十友图赞》《云林遗事》《夷白斋诗话》《紫府奇言》《阳山新录》《山房清事》《大石八景记》《瘗鹤铭考》《茶谱》等十余种,七十七岁时犹吟对不倦。

顾元庆对茶文化也很有研究,他撰写的《茶谱》直到今天还被人们作为参考。顾元庆所著《茶谱》记载了茶叶的药用功效,对茶叶功用的叙述则更为全面:"人饮真茶能止渴、消食、除痰、少睡、利水道、明目、益思、除烦、去腻。人固不可一日无茶。"他提倡饮清茶,促进了饮茶方式的改善。

《茶谱》一书还较为详细地记载了用于窨制花茶的香花品种和制茶方法:"茉莉、玫瑰、蔷薇、兰蕙、橘花、栀子、木香、梅花,皆可作茶。诸花开时,摘其半含半放蕊之香气全者，量茶叶多少，摘花为茶。花多则太香，而脱茶韵；花少则不香，而不尽美。三停茶叶一停花始称。"

顾元庆隐居于阳山大石山，广搜天下奇书典籍并藏之于山房，潜心研究，著述甚丰，当时就声名在外。阳山大石山房藏书丰厚，其中有一本《大石山房十友谱》，图文并茂，十分珍贵。

《大石山房十友谱》是顾元庆所撰，里边描述的是顾氏自己生活中最喜欢的十样器物，从弱冠到白首，几十年间，顾氏一直与这十件器物相伴，须臾不可脱离，因此称之为自己的十个朋友。可见，这十件器物与顾元庆的生活关系十分密切，非一般东西可比。那么是什么宝贝让顾元庆如此钟情，呼之为自己的"十友"呢？现在就让我们来细细慢说。

先说说"十友"的名称。

一是端友；二是陶友；三是谈友；四是梦友；五是狎友；六是直友；七是节友；八是老友；九是清友；十是默友。

再说说"十友"的真实身份。

"端友"指的是石屏；"陶友"指的是古陶器；"谈友"指的是玉尘；"梦友"指的是湘竹榻；"狎友"指的是鹭瓢；"直友"指的是铁如意；"节友"指的是紫箫；"老友"指的是方竹杖；"清友"指的是玉磬；"默友"指的是银潢砚。

接下来说说这"十友"的具体结构和称它们为朋友的原因。

所谓"端友"，实际上是一块高二尺有余、宽一尺三寸的小石屏，石屏前后两面的竹和诗篇都出自北宋名家苏东坡之手，价值不可估量。而石屏端直竖立，所以称之为"端友"。

所谓"陶友"，是一个小口扁腹，可容二升酒，旁有长一寸左右的管状嘴的陶瓷器皿。它既不像酒杯又不像酒壶，跟民间那种高长形模样的酒器更是不同，但提起即可斟酌，十分方便，所以称之为"陶友"。

所谓"谈友"，是一根柄长尺许的玉尘，玉尘类似于直管如意，它上结骡尾之毛，主要用于驱蚊。在办公场所及书房中与客人对面交谈，手持玉尘，据说蚊蚋不敢靠近，所以称呼它为"谈友"。

所谓"梦友"，顾名思义，跟梦有关，就是床榻。但这床榻主要用湘妃竹制作，高一尺二寸，长七尺有奇，横如长之半周，所以十分奇特。顾元庆曾经偃卧其上，寤寐中如在潇湘洞庭，所以呼之为"梦友"。

所谓"狎友",指的是形状像鹭鸟的水瓢,其腹大如拳,但瓢柄拗缩如鹭鸟的颈,柄下有一洞眼,引满水后,吸之有如鹭鸟之声。有客到来,亲近呢狎不相猜疑,所以称之为"狎友"。

所谓"直友",只是一杆铁质如意,长二尺有奇,上有银错,或隐或现,它是宋代宣和年间旧物,平时放在山房里,提醒世人以刚自持,故称之为"直友"。

所谓"节友",是一杆紫色箫管,光福邓尉所产,上有九个竹节,吹奏有奇特之声,所以被称为"节友"。

所谓"老友",其实是一根竹制拐杖,上有九节,其高不过七尺。顾元庆暮年喜欢出游,探奇猎怪,多靠竹杖相扶,所以称之为"老友"。

所谓"清友",是一块股宽三寸、长尺余的玉磬编钟,把它悬挂在书斋之中,有客来访,谈及人间不平世事,主人就敲击玉磬编钟,让它发出清亮之声,以此来清净自己的双耳,所以称之为"清友"。

所谓"默友",是一方银潢砚台,南所翁所遗,原来是胜国袁伯长的旧物,背有伯长题"碧落银潢"四字。顾元庆曾使用过,挥洒温润,玄默可爱,所以称之为"默友"。

需要特别指出的是,这十友中最可珍贵的是端友,上面有苏东坡的手迹,虽实物已不复存在,但苏东坡的诗文却留下来了。这里不妨抄录一下:

可使食无肉,不可使居无竹。无肉令人瘦,无竹令人俗。人瘦尚可肥,士俗不可医。旁人笑此言,似高还似痴。若对此君仍大嚼,世间那有扬州鹤。元祐二年五月十四日书

清风肃肃摇窗扉,窗前修竹一尺围。

纷纷苍雪洒夏簟,冉冉绿雾沾人衣。

日高山蝉抱叶响,人静翠羽穿林飞。

道人绝粒对寒碧,为问鹤骨何缘肥。

仆在黄州偶思寿星竹轩作此诗,今录以遗通悟师。元祐五年五月十二日。东坡居士书。

顾元庆为了让子孙后代记住自己曾经钟爱并朝夕相处的"十友",在明嘉靖己亥(1539)秋日依照实物原样画了图谱,并加了说明,还为每一友写了赞语,比如对"竹友"紫箫的赞美之语:

有山邓尉,九节之竹。葛水苍龙,淇园紫玉。坚贞之操,鸾凤之声。沧江明月,

携尔同行。

再如对"墨友"银潢砚的赞美之语：

伯长之刻，山房之壁。俾彼天汉，为章于石。长河无声，垂象有碧。清润益毫，可以观德。

在这些文字里，我们看到的是一个隐士高雅的生活情趣和不俗的君子仪态。

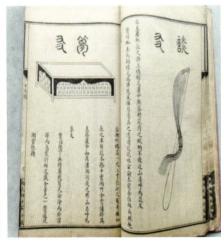
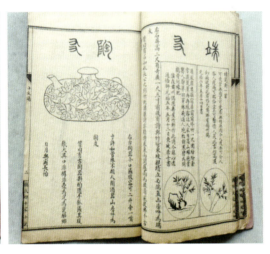
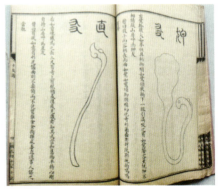
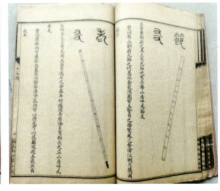
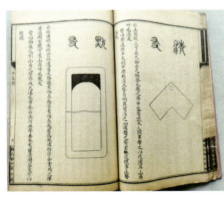

顾元庆

顾元庆（1487—1565），字大有。明长洲（今属江苏苏州）黄埭人。岩子。庠生。兄弟多行商，元庆独以图书自娱，自经史以至丛说，多所纂述。所居曰"顾家青山"，在大石山左麓，故又称"大石山房"。堂曰"夷白"，藏书万卷，择其善本刻之，署曰"阳山顾氏山房"。顾与文徵明、王穉登辈友善，又与岳岱相邻，互相切磋。卒葬阳山石坞。著有《阳山新录》等。

咏金芝岭

不见金芝产，亭荒祠亦荒。
行人恐日落，山鬼正踉跄。

方太古

方太古（1471—1547），字元素，自号寒溪子、一壶生。明兰溪（今浙江兰溪）人。幼时警敏，爱好吟咏。早年曾从章懋学习经学，弃科举之业。曾寓居苏州，与杨循吉、徐祯卿、沈周、文徵明等唱和。著有《易经发明》《理学提纲》《寒溪子集》等。

雪后宿顾大有阳山草堂

草堂新筑面阳山，
霭霭春冬紫翠间。
曾与主人残雪夜，
月明风静听潺湲。

顾璘

顾璘（1476—1545），字华玉，号东桥居士。明长洲（今属江苏苏州）人，寓居上元（今江苏南京）。弘治九年（1496）进士，授广平知县，累官至南京刑部尚书。少有才名，以诗著称于时，与其同里陈沂、王韦号称"金陵三俊"。著有《浮湘集》《息园诗文稿》等。

阳山草堂

草堂遥住碧山阿，手种青松十丈柯。
闻道欲闲闲未尽，问奇携酒客来多。

凌寿祺

阳山草堂为顾大有赋

黄肆名人迹，青山隐士家。
一生耽啸咏，八景阅烟霞。
斫笋春删竹，疏泉夜煮茶。
已荒夷白迹，传砚记相夸。

五、大石摩崖大文章

1926年5月27日，大石山来了一位特殊的访客，他的名字叫李根源。李根源是云南腾冲人，曾担任过云南讲武学堂总办，陕西省省长，北洋政府农商总长，国务总理。1923年因反对曹锟贿选总统，愤而退出政坛，1925年隐居苏州。1926年4月，他开始了为期两个月的苏州西部山区探古访幽之旅。

5月27日7时，李根源就来到树山，先去大石坞云泉庵，在云泉庵后横架的石梁上看到了第一块石刻"仙桥"。然后登上这座被称为"仙桥"的石梁，石梁尽头是玉皇阁，方广不到一丈，阁中岩壁上嵌有碑刻，是由邑人张浩书写、僧智涛镌刻的李应祯、吴宽、张渊、史鉴四人的《大石联句》。在石梁旁边的岩壁间，李根源又发现了明代沈弘彝题写的"夕照岩"。再回头沿着一线天上至石龙横卧的群石上，转身看到一块巨大的石坪上镌刻着"仙砰"二字，落款为"明崇祯十六年三月，河南王铎书，袁枢题"。

看到这里，李根源兴奋不已，他觉得不虚大石山访古之行，大石山竟藏着这么珍贵的石刻，真是一片大文章啊。联想到好友吴荫培曾有"大块文章"的题字，于是李根源重新书写这四字，并吩咐摩刻在石梁上。

为什么李根源要把吴荫培题的"大块文章"四个字书刻在这里呢？

原因就在于李根源考察到的这些石刻背后蕴藏着故事。

大石山风景绝佳，前人就誉为如莲花一样涌出于山腰上。这里四周均为山坡，很少岩石，山势呈渐斜式向上，唯独这大石山巨岩壁立，如斧削般耸向上空，而攀登到岩顶后竟然有两处平整的石坪。站立于此，四围山色，青葱无限。俯瞰下方，平畴田舍，俨然世外桃源，真乃人间仙境。

题写着"仙桥"的石梁一头通往岩壁，一头连接地面，从石梁往上右转就能攀越陡峭的山径到山顶，左拐则能到见湖峰款云亭，右拐则能到"仙砰"。所以这些题写的内容都跟"仙"字有关。可以想象，古人确是画龙点睛，一个"仙桥"、一

仙桥

个"仙砰",就把这大石山最妙的境界描绘得淋漓尽致。

"仙桥"即通向仙界的桥梁。这是明代大石八景之一的招隐桥。大石山上一块横石挑出,既像桂林的象鼻峰横空出世,又像是一座天然的石桥,使人联想到过了这桥就可以到达仙界。"招隐"就是招去归隐,过神仙般悠闲的生活。

可惜的是"仙桥"二字为何人所题,因字迹已经漫漶不清,无法解读。

最耐人寻味的是"仙砰",这块石刻大有人文内涵。

从字面上看,它所表达的意思是,这里清幽寂静,可参悟道家仙风,是群仙聚集之坪。因为是整块石岩,这个"坪"写成了"砰"。其实"石"字旁加"平"字应该念"砰(pēng)",明人好奇字,所以把"坪"写成"砰"。

这块石刻的内涵主要体现在它的落款上:"明崇祯十六年三月,河南王铎书,袁枢题"。

明代崇祯十六年,即公元1643年。书写者王铎(1592—1652),明末清初著名书画家,字觉斯,生于孟津(今河南孟津)。题字者袁枢,明末书画及收藏鉴赏家,是王铎的好友,时任浒墅关榷关主事。

1643年,明王朝已经处于风雨飘摇之中,中原一带,战乱频频。关内有李自成起义军与明军对峙,关外有清兵虎视眈眈,随时准备入关攻明。在此特殊时刻,王铎来到江南浒墅关好友袁枢处避难。

袁枢的父亲袁可立,曾担任兵部尚书,是王铎考中进士时的主考官。王铎深得袁可立赏识,被推荐入翰林院任庶吉士,后升迁至礼部尚书。在某种程度上可以说,王铎是袁可立的门生。崇祯七年(1634),袁可立去世,他的墓志铭和神道碑文都是王铎执笔书写的。所以1643年时年五十三岁的王铎来到浒墅关,袁枢当即尽心接待。

在浒墅关避难期间，袁枢陪同王铎游览阳山北麓大石山，二人为这里的山水佳境所沉醉，一题一书，合作"仙砰"，留下大石美谈，为世人所重。

但王铎、袁枢这两位好友的结局却大相径庭。

1644年，李自成攻克北京，崇祯帝上吊于煤山（今北京景山）。吴三桂引清兵入关，明朝灭亡。

仙砰（明崇祯十六年三月，河南王铎书，袁枢题）

1645年，袁枢拒绝与清廷合作，不愿入清为官，绝食殉明而死，时年四十五岁。

王铎接受清廷劝降，继续任礼部尚书，加太子少保。

王铎于永历六年（1652）病逝于故里，享年六十一岁，葬于河南巩义洛河边，谥文安。王铎因为晚年有降清一节，受到很多文人的讥诟。

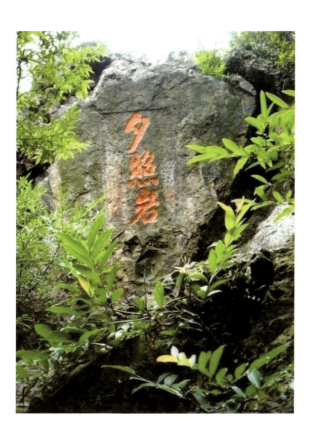

王铎的最大成就在书法，他的书法为很多人称道。王铎的摩崖书刻在江南很少见到，大石山"仙砰"的题刻，是珍贵的书史资料和旅游资源。

"夕照岩"为明代沈弘彝所题。

沈弘彝，明嘉靖十一年（1532）第三甲第一百六十名进士，嘉靖二十年（1541）任浒墅关关权主事。这块石刻题写的时间是嘉靖壬寅年，即沈弘彝任职浒墅关的第二年（1542）。

"夕照岩"三字为楷书，还稍稍带有一点行书笔意，显得端庄厚实而不呆板。

沈弘彝钞关主事，公务之暇，他带领手下三名关吏同游大石山，所以也同时在题词下具名督刻。试想四百七十多年前的大石山，十月小阳春天高云淡，浒墅关几个关权官员乘兴游山，攀登在如画的山中，流连大

石山直至黄昏，看夕阳如此诱人，禁不住欣然命笔，题写"夕照岩"三字，其情其景，是何等惬意。

"见湖峰"三字亦为沈弘彝题写。其位置在大石山最高处款云亭旁，在此往西北方向可隐隐望见太湖。

李根源看到了以上石刻，所以他将清末探花吴荫培的题字重新书写镌刻在招隐桥上，以此再为大石山增添一道厚重的金石之味。吴荫培也是一位饱学之士。他于光绪十六年（1890）考取庚寅科探花，喜与当时吴中名士张一麐、费树蔚等交艺往来，或论诗文，或作书画。民国时，吴荫培修苏州地方志，组织"吴中保墓会"，晚年潜心考据学问，为人做事，为邑人称道。民国十九年(1930)腊月十九日卒。葬于枫桥白马涧祖茔。

大石山风光绝胜，底蕴厚重，在这里真的是可做"大块文章"。

顺便再选说一下三块新刻的摩崖。

从招隐桥左侧一小道向东走，可以看到前面一石壁上刻着一圆形的篆字图章，这个图章最妙的是四个字的布局。中间一个"口"字，为四个字共用。它的读法应该是先读右边的"唯"，再读左边的"和"，然后读下边的"呈"，最后读上边的"喜"，连起来读作"唯和呈喜"。

接下来再看石壁右边有两个小篆体字——"拜石"，这里就是大石八景之一的拜石轩所在地。再往右前方看有两个草书字，这两个字应该从右向左读，叫"剑劈"。字的旁边，一块巨大的岩石中间有一断开的裂缝，从上到下好像利剑劈开一般。这和虎丘山的试剑石有异曲同工之妙。据说当年吴王阖闾命令干将铸造了两把剑，一雌一雄，雄剑是在虎丘山试剑石上用过的那一把，雌的就是大石山这里"剑劈岩"的一把。

大凡摩崖石刻聚生处，必为山水佳丽地，前人登临清胜之境，有感而题吟，出语点景状物，含义隽永，充分渗透着古人对大自然造化的深刻理解。而经过古人题咏的景物，自此就被注入了新的内容，天然之景加画龙点睛的文字题刻，使静态的景物被赋予了动态的情趣和灵性，这样就大大丰富了景点的文化意蕴，给人以天人合一的品味。游人赏景读文，享受到的是景物之美带来的身心愉悦，收获的是文化品位带来的精神升华。

六、大石云泉系吴宽

阳山北麓大石山坞深林密，云泉寺一带风景幽绝，自明以降，文人雅士登临感怀，作记吟诗，留下了不少珍贵的文史篇章，特别是明代礼部尚书吴宽，在成化年间与另外几位文友游大石云泉庵写下的《大石联句》，更是脍炙人口。时隔二十年后，吴宽归隐吴中，还对当年在云泉寺作《大石联句》之事念念不忘，并应云泉庵住持智韬之邀再为云泉庵作记叙事，留存后人。

明代的云泉寺，坐落在大石山岩壁间，当时称"云泉庵"。所处地势高险，三面临风，云雾缭绕，泉水奔泻，是一处不可多得的清修佳境。自吴宽等文豪吟诵的《大石联句》传播以后，云泉庵更是声名远扬，成为当时吴中文士最喜欢游赏的雅集之处。

吴宽于成化十四年（1478）游大石云泉庵，时年四十三岁，正当壮年，20年后他重回故里，已是一位六十三岁的白发老翁了。吴中山水清丽多姿，吴宽独不忘大石风物，还想再游，只可惜当年同去的李应祯等文友已相继去世，他自叹不能独游而忘了老友。可怎么解脱呢？于是时常翻看沈启南根据《大石联句》作的《大石山云泉庵图》，以此来寄托对大石云泉庵的思念之情。

这位叫沈启南的画作者就是赫赫有名的明代苏州大画家沈周。沈周字启南，号石田，一生不应科举，专事诗文书画，是明代中期吴门画派的创始人，与文徵明、唐寅、仇英并称"明四家"，在中国画坛享有极高的声誉。如果今天沈周的这幅《大石山云泉庵图》再现于世，它的身价不知要多高啊。由此也可见，大石山云泉庵的声誉在明代非同一般。

一日，吴宽在家，有僧来访。问其姓名，僧自称"智韬"，是大石山云泉庵住持，此次登门拜访，是要特请吴宽为云泉庵诗文题跋作记，并道其原委。

当年吴宽等文士的云泉庵联句，第二日就被李应祯书之于云泉庵墙壁，并题名其上。自此游客接踵而至，诗词唱和者众多。除了杨循吉外，还有李浒等人，其他以律绝形式题咏的更是比比皆是。云泉庵也声名突起，暴著于时。智韬作为有心人，将来客题咏的诗词一一收集整理成册，珍藏于庵。说话之间，智韬随即展开随身带来的早已整理好的诗文图册请吴宽翻阅，吴宽亲切之情油然而生，即兴为其题跋于后。智韬见吴宽兴起，即抢抓机会再恳请吴宽为庵作记，并说庵只有诗，从未有记。吴宽见其情词恳切，内心为之打动，于是提笔再书，一篇《阳山大石岩云泉庵记》随即问世，成为云泉庵的镇寺之宝，而智韬也作为云泉庵的有功之臣被载入史册。

几百年过去了，大石云泉庵屡经兴废，至清代时渐露败象，诗人汪琬游山时见到的是"土垣窜鼯鼠，石像蒙荆棘。欲觅连句诗，残碑无只字"。20世纪中叶，大石山云泉庵遭"文革"彻底毁坏，只剩下残瓦满地、碎础几处，凄凉之境直教人辛酸不已。而吴宽的《大石联句诗碑》《阳山大石岩云泉庵记》碑刻也不知掩落何处，让人徒生感叹，伤情连连。

可喜的是，云泉庵今天已大手笔重建，大雄宝殿、钟楼鼓楼、天王殿灿然巍峨，壮观非凡，规模远胜昔时。而大石文化建设也已被有识之士日益重视，并已进行规划，不久的将来，前人留下的这些诗篇将再现于世。

最让人欣喜的是，吴宽的《阳山大石岩云泉庵记》让人从《吴中金石录》第六卷中找了出来，其文字读来如见其人、如闻其声，如果云泉寺将它刻碑上墙，传诸后世，该有多好。

吴宽倘若见到今天的大石云泉寺，或许又要重新作记了吧？

吴宽

吴宽（1435—1504），字原博，号匏庵、玉亭主，世称匏庵先生。长洲（今属江苏苏州）人。明代名臣、诗人、散文家、书法家。

吴宽为明宪宗成化八年（1472）状元，授翰林修撰，曾侍奉孝宗读书。孝宗即位后，吴宽迁左庶子，预修《宪宗实录》，进少詹事兼侍读学士。官至礼部尚书，卒赠太子太保，谥号"文定"。

吴宽《阳山大石岩云泉庵记》

吴虽号泽国，其西有山，亦连延不绝，阳山在稍北，视诸山雄伟特甚，其阴，石巉然起，如人负，奇骨而伛者，当欹崟碌碣间，有僧居在焉，号"云泉庵"。成化间，余与太仆少卿李贞伯、吴兴张子静、松陵史明古往游，自浒墅北转入小溪，舍舟从平田行，仰见石势欲堕，举足甚恐，入门，竹树幽茂，薛荔满墙，僧缘崖架木，有小屋在石下，益奇。客喜而就宿，联为长句。明日，太仆大书屋壁，复题名石上而去。

后二十年，予再还吴中，则太仆以下相继而逝，自叹不能独游，而徒得沈启南所作巨图，时取而玩之耳。

一日，有僧谒。问其名，曰"智韬"，则庵之主人也。曰："山居辱公题咏后，游者接踵而至，大石之名暴著于时。"此皆诗人和篇也，予既为书其末，智韬复请曰："庵未有为记者，更乞书之。"盖山之有庵，相传为宋珍护禅师所创，其扁则银青光禄大夫齐国公德刚所题，然莫能考其为何人也。石之大且奇者，散列不一，当时与客议，此可亭、此可堂且轩者尚多。今岁久，其地如梦中事，不能了了，况予且老，未知他日归休再能游否？所幸主僧有开拓志，来游者或能成之，当再为书之刻崖石上。

吳雖號澤國其西有山岌連延不絕陽山在楨北視諸山雄偉特甚其陰石巉然起如人負奇胃而侷者當嶽崟碌磈間有僧居石焉號雲泉庵成化間吾遊自滸墅此轉入小溪舍舟從平田行卯見明古往遊亭與太僕少卿李貞伯吳興張子靜松陵史崖架木有小崖石不蓋奇窽喜而就宿聯為長向明石勢欲墮嵌峯足甚愜入門竹樹邈茂薜荔滿牆僧綠日太僕大書崖壁後題名石上而去後二十年亭再還吳中則太僕以下相継而逝自嘆不能獨遊而徒得沈啟南而作巨圖時敢而玩之再一日有僧來謁問其名曰智韜則庵之主人也曰山居辱公題詠後遊者接踵而至大石之名暴著於時此皆詩人和篇也今既為書其末智韜復請曰庵未有為記者史乞書之蓋山之有庵相傳為宋玲護禪師而創其扁則銀青光祿士夫齊國公德剛所題並莫能攷其為何人心石之大旦奇者散列不一當時與家議此可亭此可堂且軒且尚今歲久其地如夢中事不能了了洗亭且老未知他日歸休再能遊否而幸主僧有同招志來逝者或能成之當再為書之刻崖石上

吳寬　陽山大石嵓雲泉庵記

壬寅臣月初二お瑞青堂　欽瑞興

马荷

马荷,一作司马荷,字盘庄。明末清初长洲(今属江苏苏州)人。受业于休宁程智传,极数辨物之学,年九十余卒。有语录若干卷。

大石

华岳一卷耳,此石何名大。
只就此山看,堪下米颠拜。

朱天成

朱天成,清长洲(今属江苏苏州)浒墅关人,生平不详。著有《朱天成诗集》。

游大石

入山寻大石,楼阁望中分。
水响林梢出,钟声天半闻。
松亭藏鸟雀,竹坞宿烟云。
独立高岩上,苍茫对夕曛。

朱玉蛟

朱玉蛟（1691—?），字云友。清长洲（今属江苏苏州）人。冀子。著有《白松草堂诗钞》。

憩滴水岩

劈削疑鬼工，石壁峭而俯。清泉滴悬崖，白云凝太古。谁将万斛珠，倾泻成雪乳。爱此琤琮声，倚筇日亭午。

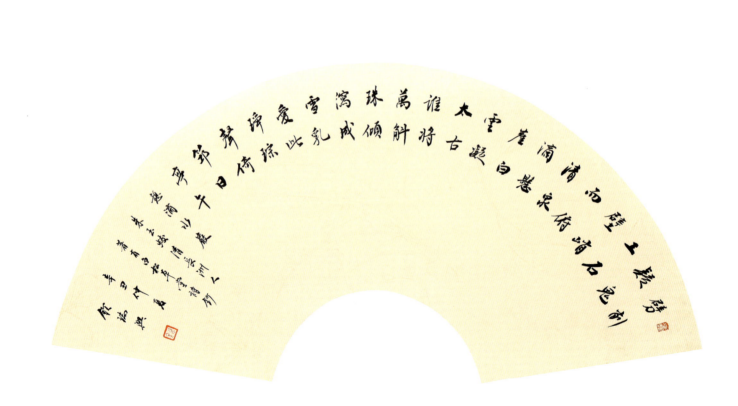

秋日偕诸同人宿秦馀（余）山庄兼示受采侄

爱汝茅堂静，开门对远峰。吟情联旧雨，秋思托芙蓉。
醉酒烧红烛，深谈听晓钟。烟霞同有癖，明发笑支筇。

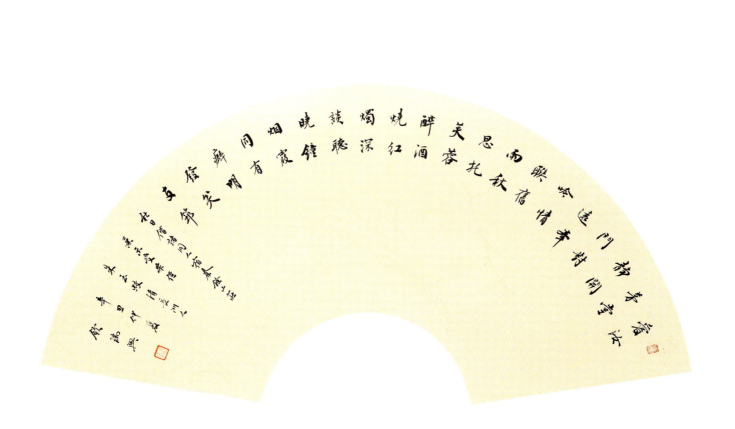

七、《阳山新录》留诗篇

顾元庆同当时隐居在阳山西白龙坞的文学家诗人岳岱过从甚密，关系十分密切。

岳岱，(1497—1574)，字东伯，自称秦馀山（即阳山）人，又号漳馀子，明朝著名文士。岳岱的祖上因立下军功而到苏州做官，到了他的父亲辈，才开始喜欢读书。嘉靖年间，岳岱在阳山西白龙坞开辟草堂，史书上说，草堂"花木翳然，修竹万挺，笋特鲜美，作兰花香"。可以想见，草堂环境极其秀美，岳岱在此结庐隐居，撰写成《阳山志》三卷，这就是今天我们见到的峭帆楼校刻本。全书三卷，分为山势、泉石、台洞岩壁、古迹、寺庵庙、草木、药产、堂墅、饮食、诗文等十个篇章，全面介绍了明代嘉靖间阳山的概貌，是今天的我们了解阳山不可多得的珍贵志书。

岳岱为后人留下了他编写的《阳山志》，但是这部书能够流传下来，应该归功于顾元庆。岳岱当时生活比较困难，他撰写完《阳山志》后，却无钱刻印出版，是顾元庆出资帮他刻印出来的。所以我们应该感谢顾元庆和岳岱，一个出钱、一个出力，共同为阳山留下了一笔精神财富。

顾元庆与岳岱同隐阳山，结

顾元庆《阳山新录》

庐阳山草堂，一在大石坞，一在白龙坞，两人沉冥山水，心醉丘壑，是志同道合的挚友。两人经常结伴游历，流连于阳山的峰山秀水之中，吟诗唱和。

嘉靖己亥（1539）九月的秋天，霖雨初霁，山高木空。两人从大石山云泉庵出发，向东北方向而去，先到了鸡笼山和甑山，然后再回折越过白墡岭，到了管山庙和东白龙旁的澄照寺，接着又向南光顾耙石岭，既而转向西，到了净明寺。最后奋力攀登箭阙峰，在文殊寺休憩后才回去。一路上两人兴致勃勃，题诗酬唱，把阳山的寺观、古迹、泉石、山房、晋柏全都题遍，共计十五处三十首诗。这十五处景观是四百八十年前明代嘉靖年间阳山所见的名胜，现把两人酬唱的诗整理如下。

大石云泉庵（顾元庆）

丹崖侧立山之阳，白日翻疑霄汉翔。
绝蹬飞梁还栋宇，短墙曲径自棕篁。
山中麋鹿安安下，石上烟霞袅袅长。
半壁诸公联石句，于今词翰有辉光。

和（岳岱）

一巘凌虚势欲翔，逶迤曲蹬绕幽篁。
山僧入定青春静，尘客来游白昼长。
归院石云常栋宇，近檐花蕊自阴阳。
人间我欲除烦恼，看取灵珠午夜光。

龙母祠（顾元庆）

神物十年产缪娥，依然庙貌此山阿。
到门自觉龙蛇动，出谷常疑雷雨过。
异代栋梁归浩劫，只令松桧孰扶诃。
尔来太守随车澍，一郡惊看润泽多。

和（岳岱）

石濑浅浅山木苍，五湖祠庙接潇湘。
灵衣珠珮无消息，桂栋兰橑有夕阳。
白酒土人来祷旱，绛帏玉女对焚香。

季春岁岁神归异，千古风云近草堂。

澄照寺（顾元庆）

仙泉古寺白云隈，短杖攀跻摇落时。
夜静不闻辽鹤语，碑亡空忆谢涛诗。
拄撑岁月还孤殿，拥护风云有缪祠。
啸坐莓苔山寂寂，一尊斜日有余悲。

和（岳岱）

秋日荒山自可哀，昏冥聊借一衔杯。
锦开双壁云中削，翠积连峰天上来。
地冷佛香空草木，雨侵龙象半莓苔。
唐碑宋殿俱零落，始信人间尽劫灰。

文殊寺（顾元庆）

虚无指点古招提，仄径千盘欲尽跻。
仰面霏霏空翠湿，此身冉冉白云齐。
庭中宿莽惊麏出，棋上新巢怖鸽栖。
往日题名何处觅，黄昏松桧益凄凄。

和（岳岱）

翠峰高处隐招提，绣壁禅林众鸟栖。
杯酒升沉看日月，杖藜岩壑动攀跻。
尘心烦恼谁能释，仙客浮游我欲齐。
回首上房烟雾锁，下山松柏思凄凄。

净明寺（顾元庆）

石径岧峣碧寺通，老僧终日少迎逢。
停舆隔竹莺千啭，借榻连峰翠万重。
一钵山厨常作供，六时金界自鸣钟。
廿年巾舄劳尘土，始觉空门万事慵。

和（岳岱）

石磴盘回绕上方，傍岩台殿倚苍苍。
阶前银杏充僧供，炉底松花当佛香。
高岭星河尝信宿，下山花竹又斜阳。
却缘婚嫁皈依晚，未得辞家礼法王。

礶山道院（顾元庆）

度岭晶荧碧树开，杖藜应趁白云来。
莫言物外浮丘伯，未识山中玄圃台。
瑶草石坛长岁月，松风涧水不尘埃。
翠房缥缈箫声发，会把流霞未拟回。

和（岳岱）

缥缈青山碧殿开，千峰紫翠一登台。
好花忽向游人笑，浴鸟晴看小涧来。
云外酒杯空日月，人间身累亦尘埃。
蓬丘未遇还丹诀，城郭秋风望忽哀。

甑山寺（顾元庆）

南国风高秋可哀，空山无伴我重来。
青林杳杳数峰出，白日荒荒一殿开。
小径故教穿竹坞，长松何意护经台。
衰年不厌闻清梵，暂省尘缘坐百回。

和（岳岱）

海山风烟白昼哀，林中碧寺客同来。
霜清涧户蕉犹绿，秋尽山堂菊胜开。
处世百年真过隙，携壶今日是登台。
齐心未可捐身累，日暮人间首重回。

箭阙（顾元庆）

两峰中断山椒起，云是秦皇一镞穿。
万壑松涛双屐底，三吴风物一尊前。
蒙蒙元气玄崖湿，蔼蔼高云翠壑鲜。
欲酹公孙呼不起，晚来幽独下苍烟。

和（岳岱）

箭缺中天积翠高，诸山西拥似奔涛。
浮云客到春常湿，绝磴难跻石更劳。
一片五湖看落日，双眸百里见秋毫。
王乔自有芙蓉杖，忽听仙禽唤九皋。

丁令威丹井（顾元庆）

忆昔鹤仙丁令威，尚余丹井鹤峰陲。
古苔不断侵重碧，止水空怜结细漪。
伏火竟无丹客往，操罂还有野僧知。
人间物外俱陈迹，华表月明空尔思。

和（岳岱）

仙井依然古寺中，试窥一鉴到晴峰。
飞花水底红犹积，古藓山中绿自封。
千载无人丹灶灭，一杯留客野僧供。
我来矫首辽东鹤，华表秋云驻短筇。

耙石岭（顾元庆）

如画如塍一岭纡，仙人曾此种璠玙。
莓苔隐见齿迹古，岁月凭凌石理疏。
昆璞荆璆非昔有，桃花流水是秦余。
偶来只恐烟霞闷，落日停舆一笑舒。

和（岳岱）

种玉仙人去不返，只令花落惟空山。
奇迹悠悠白石在，齿痕了了苍苔间。
高天古寺已千岁，曲径飞云时一攀。
青牛白鹿不可见，览胜题诗真等闲。

鸡峰仙洞（顾元庆）

鸡峰崔嵬半插云，上有灵区断俗氛。
背日一门通窈窕，经时四壁湿氤氲。
丹沙狼藉千年迹，异草纷披五色文。
我欲幽探启玄秘，却疑人世已千春。

和（岳岱）

窅然一洞通林屋，遥忆此山开凿初。
高顶云门碧玉杖，空腹石床丹诀书。
蛟龙不知造物罔，天地故着真仙居。
我今投迹偶方士，白鹿青龙爱驾车。

白墡岭石壁（顾元庆）

墡岭盘盘客倦跻，倚空半壁插涟漪。
故开返照添新绮，旋着归云弄晚姿。
的的珊瑚幽处结，濛濛萝薜崄中垂。
买山吾欲终长啸，先向岩前纪近诗。

和（岳岱）

岭下春云寺欲迷，山头春日眼看低。
吴侬白垩犹充贡，神爵黄麻徒尔为。
二壁丹青开绮丽，千寻萝莴拂涟漪。
尧封禹贡空寥落，茅屋山林有所思。

滴水岩瀑布（顾元庆）

翠岩遥望接氤氲，山石棱棱路不分。
空外大布喧白日，风前飞沫湿青云。
无人涧上怜幽草，有客溪中知美芹。
茅屋松筠还谷口，只（原文缺）

和（岳岱）

苍岩千仞接青云，岩下悬泉一水分。
雨后迅流林木振，旱时不竭古今闻。
稼穑山田需岁稔，品题翰墨动新文。
探奇历异平生事，不觉西林下夕曛。

西龙祠古柏（顾元庆）

何年古柏寺门栽，故老相传东晋来。
世短世长忘日月，龙来龙去剧风雷。
孤高未信神明力，磅据还输造物培。
谷口秋飚吹子落，种成又见栋梁材。

和（岳岱）

古柏苍苍东晋栽，无人不道栋梁材。
崁中蜥蜴龙能化，树杪风云气忽来。
身上紫藤留锡挂，枝间香米落停杯。
金沙宝树消烦热，红日清阴坐百回。

修绿山房（顾元庆）

修绿山堂千竹依，寒岚翠雾交霏霏。
闭门卓午尊俎集，解衣长啸风尘违。
菊花对酒丛丛放，木叶经霜冉冉飞。
披豁共君忘日暮，扁舟重待月明归。

和（岳岱）

芙蓉黄菊相因依，故人清尊约不违。

谷鸟吟风日欸欸，山云出竹晴霏霏。

不愁向市少估值，且喜看花无是非。

清溪之边东岭上，新月照君孤棹归。

顾元庆和岳岱的唱和诗，首先歌咏的是大石山，因为那里距城市近而幽胜，接着写的是龙母祠和澄照寺，因为那里已经破落而使人神伤。再接下去写的是文殊寺、净明寺、礶山道院和甄山寺，因为作者喜欢它们的僻静。又接着写的是箭阙峰、丁令威丹井、耙石岭、鸡峰仙洞、白墙岭石壁、滴水岩瀑布和晋柏，因为作者喜欢它们的奇异。最后题咏的是修绿山房，因为作者认为修绿山房可以让人见识到君子隐居山林的乐趣。作者通过这一唱一和的诗咏，向世人描述了当年阳山的绰约丰姿。

在顾元庆和岳岱题咏的十五处名胜中，有七处今天还能寻觅到它们的踪迹和遗痕。比如大石山云泉寺、甄山寺、龙母祠、礶山道院（今作"管山寺"）已经复建，文殊寺的复建已动工，箭阙峰景观筹建在即。滴水岩旧景还在，只是水流大为减弱。其余的景观由于历年挖山采矿已经消失，如耙石岭、白墙岭石壁、丁令威丹井、鸡峰仙洞、西龙祠晋柏、净明寺、澄照寺。唯有修绿山房，至今尚无法查考它的确切位置。

顾元庆和岳岱的唱和诗记载在顾元庆的《阳山新录》里，是一份极其珍贵的阳山文化史料。

顾德辉

顾德辉（1310—1369），字仲瑛，别名阿瑛，晚号金粟道人。元代昆山人。家世素封，轻财结客，豪宕自喜，年三十始折节读书，购古书名画、彝鼎秘玩，筑别业于昆山茜泾西，曰"玉山佳处"，晨夕与客置酒赋诗其中。才情妙丽，工山水、花卉、翎毛，以诗名。著有《玉山璞稿》等。

寄鸡笼山琦元璞

鸡笼山下野人家，
破晓写诗邀品茶。
秋风过树落红叶，
夜雨满溪流白沙。

高启

高启（1336—1374），字季迪，号槎轩。明长洲（今属江苏苏州）人。与杨基、张羽、徐贲并称"吴中四杰"。洪武间擢户部右侍郎，不受。后因卷入苏州知府魏观案获罪被诛。著有《高太史大全集》《凫藻集》等。

雨中过憩龙山

春云唵（暗）霭涧奔浑，
风雨行人过一村。
不似山家深竹里，
乳鸠啼午未开门。

大石山记

大石山位于阳山之北，岩危峰峻，径幽涧曲，松竹掩映，环秀叠翠，古人誉曰："涌出山腰如莲花"。昔时有拜石轩、毛竹蹬、招隐桥、宜晚屏、玉尘涧、青松宅、杨梅冈、款云亭诸胜，谓之"大石八景"。

宋珍护法师慕其清胜之境，创云泉庵。

明嘉靖间藏书大家顾元庆隐居于此，建大石山房。

诗人顾存仁捐三（一）百义田立介石书院，祀先贤言子。

有明一代，吴中文士，争相登临，赏景之余，吟诗绘画，王穉登之《大石云泉庵记》，文采熠然；沈周之《大石山云泉庵图》，丹青流芳；吴宽、李应祯之《大石联句》，绝响空前，史赞其为"我明兰亭，永为世宝"。

大石风光，东南一奇，引来无数墨客挥毫题刻。王铎之"仙砰"，沈弘彝之"夕照岩"，李根源之"大块文章"，吴荫培之"仙桥"，辉映于峭壁间，与青山共存，令今人心向神往。

逮及清代，叠石高手戈裕良参大石造型，堆环秀假山，更赢得世人流连刮目。

江山代有才人出，各领风骚数百年。历史进入二十一世纪，大石山下，树山村落，进入生态建设全盛时期。

复建云泉寺，峦翠叠成清净界，梵声谱就庄严章。

培植云泉茶，玉芽雀舌香飘远，独秀深山赛碧螺。

分护杨梅冈，山前山后火云红，鲜洁味甜墨晕融。

栽种翠冠梨，恰如一夜春风来，千树万树梨花开。

清溪流声，茂林鸟鸣，山野田园，世外桃源。

树山村近年先后荣获"全国农业旅游示范点""国家级生态村"之殊誉，实名至实归也。

甲午年十月　钦瑞兴撰

七、《阳山新录》留诗篇